RUSELFIEBER GRUSELFIEBER

R GRUSELFIEB … IEB

BER GRUSELF … ELFI

IEBER GRUSELFIEBER GRUSE

LFIEBER GRUSELFIEBER GRU

SELFIEBER GRUSELFIEBER G

RUSELFIEBER GRUSELFIEBER

R GRUSELFIEBER GRUSELFIEB

BER GRUSELFIEBER GRUSELFI

IEBER GRUSELFIEBER GRUSE

ELFIEBER GRUSELFIEBER GRU

USELFIEBER GRUSELFIEBER G

GRUSELFIEBER GRUSELFIEBER

ER GRUSELFIEBER GRUSELFIEB

BER GRUSELFIEBER GRUSELF

R. L. Stine

GRUSELFIEBER

Zweimal ich

R. L. Stine

GRUSELFIEBER

Zweimal ich

Aus dem Amerikanischen
von Christoph Arndt

OMNIBUS

Der OMNIBUS Verlag gehört zu den
Kinder- & Jugendbuch-Verlagen in der Verlagsgruppe Random House
München Berlin Frankfurt Wien Zürich

www.omnibus-verlag.de

Mit besonderem Dank
an Mr. George Sheanshang

Umwelthinweis:
Dieses Buch wurde auf chlorfrei gebleichtem Papier gedruckt.

Gesetzt nach den Regeln der Rechtschreibreform

1. Auflage 2001

Dieses Werk wurde vermittelt durch die
Literarische Agentur Thomas Schlück GmbH, Garbsen.
Die Originalausgabe erschien 2000 unter dem Titel
»The Nightmare Room 4: Liar, Liar«
bei HarperCollins*Children's* Books,
a division of HarperCollins Publishers, Inc.
Übersetzung: Christoph Arndt
Lektorat: Birgit Gehring
Umschlaggestaltung: Helmut Sigerist
Ht · Herstellung: Peter Papenbrok
Satz: Uhl + Massopust, Aalen
Druck: GGP Media, Pößneck
ISBN 3-570-12611-0
Printed in Germany

GRUSELFIEBER

1

Als ich klein war, erzählte mir ein Junge, jeder Mensch habe irgendwo auf der Welt einen Zwilling. Ich sagte ihm, er sei verrückt.

Jetzt bin ich zwölf. Und ich habe soeben meinen Zwilling getroffen. Natürlich traute ich meinen Augen nicht. Er sah nicht bloß so aus wie ich – er *war* ich!

Ich schaute nicht in einen Spiegel, sondern auf einen Jungen mit meinem Gesicht – meinen glatten, braunen Haaren, meinen blauen Augen, meinem etwas schiefen Lächeln. Es war mein GESICHT! Mein KÖRPER! Ich starrte MICH an! MICH!

Jaja, ich weiß. Das hört sich etwas ausgeflippt an.

Aber du würdest auch ausflippen, wenn du einen hundertprozentigen Doppelgänger hättest und nicht wüsstest, wer er ist oder woher er kommt.

Ich werde erst einmal tief durchatmen. Das rät mir mein Dad immer. »Hol mal tief Luft, Ross«, sagt er dann.

Mein Dad ist von Beruf Studioleiter – einer der Bosse bei Mango Pictures. Seine Arbeit besteht darin, sich mit Produzenten, Regisseuren und Filmstars herumzustreiten. Er sagt, er atmet ungefähr eine Million Mal am Tag tief durch. Das hilft ihm, die Ruhe zu bewahren.

Also werde auch ich jetzt tief durchatmen. Und dann will ich meine Geschichte von Anfang an erzählen. Vielleicht gehe ich auch noch ein bisschen weiter zurück.

Übrigens – das mit den blauen Augen war gelogen.

Meine Augen sind nicht blau, sondern dunkelgrau. Was ja fast blau ist – nicht wahr?

Ich schätze, ich werde meine Geschichte in der Schule beginnen lassen. Also, ich besuche die Beverley Hills Middle School, die nur ein paar Blocks von unserem Haus entfernt ist.

Ich weiß, was du jetzt denkst. Du denkst, ich bin ein Glückspilz, weil mein Dad in der Filmbranche arbeitet und wir in Beverly Hills in einem großen Haus wohnen mit Swimmingpool, Tennisplatz und einem Privatkino im Keller.

Stimmt. Das ist toll. Und ich bin auch sehr glücklich. Aber trotzdem habe ich Probleme und davon nicht zu wenig.

Neulich morgens war Cindy Matson mein Problem. Ich traf Cindy in der Pause zwischen zwei Schulstunden auf dem Gang und konnte sehen, dass sie stocksauer war. Ihr Gesicht war rot, sie zupfte an ihrem schwarzen Pony herum und in einem fort ballte sie die Hände zu Fäusten. Sie wirkte extrem angespannt.

»Ross – wo warst du?«, fragte sie und stellte sich mir in den Weg.

Cindy ist größer als ich. Sie ist mindestens zwei Meter lang und außerdem macht sie Bodybuilding. Sie könnte als Stuntfrau für *Xena* arbeiten. Deshalb versuche ich, mich nicht mit ihr anzulegen.

»Ähm … wo war ich denn?« Ich dachte, es wäre vielleicht besser, die Frage zu wiederholen.

Cindy explodierte trotzdem. »Erinnerst du dich daran, dass wir zwei uns treffen wollten? Dass wir gestern Nachmittag gemeinsam zu Urban Outfitters gehen wollten?«

»Ja, weiß ich«, sagte ich. »Aber sieh mal …« Jetzt musste ich schnell schalten. »Meine Tennisstunde wurde verschoben, weil mein Lehrer sich an der Hand verletzt hat. Er wollte eine von diesen Tennisballdosen aufmachen und dann blieb er drin stecken und hat sich das Handgelenk verstaucht. Ehrlich. Also wurde meine Stunde verlegt. Außerdem war mein Schläger beim Bespannen. Deshalb musste ich zum Tennisladen in der Wilshire Road laufen und mir einen Ersatzschläger leihen.«

Ich hielt den Atem an. Ob Cindy mir diese Entschuldigung abkaufen würde?

Nein.

»Ross, das ist doch totaler Quatsch«, sagte sie und verdrehte die Augen. »Deine Tennisstunden sind samstags. Kannst du nicht einmal die Wahrheit sagen? Du hast mich versetzt – richtig? Du hast unsere Verabredung einfach verschwitzt.«

»Aber nein«, beteuerte ich. »Was passiert ist, war im Grunde … Okay, die Wahrheit. Die reine Wahrheit. Mein Hund ist krank geworden und Mom hat mich gebeten, ihn mit ihr zum Tierarzt zu bringen. Und deshalb bin ich –«

»Seit wann habt ihr einen Hund?«, unterbrach mich Cindy.

»Wie?« Ich blickte angestrengt auf den Boden und dachte scharf nach. Sie hatte Recht. Wir haben keinen Hund.

Manchmal verrenne ich mich derart in diese Geschichten, dass ich solche Einzelheiten durcheinander bringe.

Cindy rollte zum tausendsten Mal mit den Augen. »Du weißt aber noch, dass du mit mir am Freitagabend zu Mikes Poolparty gehst, ja?«

Das hatte ich völlig vergessen.

»Klar doch«, tönte ich. »Wie könnte ich das vergessen?«

Die Glocke läutete. Wir waren beide spät dran für die nächste Stunde.

Cindy und ich trennten uns und liefen in verschiedene Richtungen davon. Ich bog um eine Ecke – und stieß mit Sharma Gregory zusammen.

Sharma ist zierlich und blond und hat eine leise, piepsige Stimme. Sie ist das Gegenteil von Cindy. Sehr hübsch und dazu eine richtige Intelligenzbestie. Im letzten April gewann sie bei einem Aufsatzwettbewerb eine Reise nach Washington, D. C. (Sie ist aber nicht hingefahren, weil sie zu einer megacoolen Oscarparty eingeladen war.)

»Hey, Ross –« Sie zeigte auf mich. »Mikes Party am Freitagabend, ja?«

Ich grinste sie an. »Ja. Natürlich.«

»Sehen wir uns dort oder möchtest du vorher bei mir vorbeikommen und mich abholen?«

Oh, wow. Ich hatte also auch Sharma gefragt, ob sie mich auf die Party begleiten mochte!

Warum ich sie eingeladen hatte? Sie hatte mich in Chemie abschreiben lassen. Deshalb dachte ich, ich könnte sie ja mal ausführen.

»Äh … ich seh dich dann bei Max«, sagte ich, machte mit dem Daumen kurz mein Ist-gebongt-Zeichen und rannte zur Englischstunde.

Vorsichtig schloss ich die Klassenzimmertür hinter mir und ging auf Zehenspitzen zu meinem Platz. Ich hoffte, Miss Douglas würde nicht mitkriegen, dass ich zu spät kam. Zum Glück ist mein Platz in der hintersten Reihe, sodass man sich leicht rein- und rausschleichen kann.

»Ross, du bist unpünktlich«, rief Miss Douglas.

»Äh … ja«, antwortete ich und zog den Schreibblock aus meinem Rucksack. Lass dir schnell was einfallen, Ross. »Ich musste länger in Mr. Harrisons Klasse bleiben und … äh … ihm helfen, ein paar Bücher in die Bücherei zurückzubringen. Mr. Harrison wollte mir noch eine Entschuldigung schreiben, aber das hat er vergessen.«

Miss Douglas nickte. Ich schätze, sie glaubte mir.

»Wenn ihr jetzt bitte eure Aufsätze herausnehmen würdet«, sagte sie und ordnete die Bücher auf ihrem Pult korrekt an. Das macht sie immer mit den Sachen auf ihrem Tisch. Bei ihr muss alles exakt an seinem Platz liegen.

»Ich möchte, dass ein paar von euch ihre Aufsätze der Klasse vorlesen. Warum fangen wir nicht bei dir an,

Ross?« Sie grinste mich an, dass man ihr Zahnfleisch sah.

»Äh … meinen Aufsatz vorlesen?« Ich musste irgendwie Zeit gewinnen, mir schnell was ausdenken.

Den Aufsatz hatte ich gestern Abend begonnen. Na ja, eigentlich hatte ich nur daran gedacht, ihn anzufangen. Aber dann lief im Fernsehen ein toller Tierfilm, und als der aus war, musste ich ins Bett.

Miss Douglas' Grinsen sackte in sich zusammen. »Hast du den Aufsatz, Ross?«

»Also, geschrieben ist er schon«, flunkerte ich drauflos. »Aber er ist noch im PC, weil bei uns daheim irgendwie Stromausfall war. Und der Drucker ist voll kaputt! Hat abgeraucht wie ein Toaster. Deshalb konnte ich das Geschriebene nicht ausdrucken. Aber ich kaufe nach der Schule einen neuen Drucker. Ich bring Ihnen den Aufsatz also morgen.«

Clever, was?

Das dachte ich zumindest. Aber ehe ich mich's versah, kam Miss Douglas den Gang runtergerauscht, bis sie direkt über mir stand.

Durch die rotrandige Brille blickte sie streng auf mich herunter. »Hör zu, Ross«, sagte sie zähneknirschend. »Pass auf. Wenn du so weitermachst, wirst du vielleicht in diesem Kurs durchfallen.«

Ich blinzelte zu ihr hoch. »Weitermachen?«, fragte ich. »Womit denn?«

2

Nach dem Unterricht flitzte ich zu meinem Schließfach. Ein paar Jungs wollten noch irgendwo rumhängen, aber ich hatte keine Zeit. Ich wusste, mein Dad wartete draußen, um mich zur Schauspielklasse zu fahren.

Dad ist von meinen Schauspielstunden nicht gerade begeistert. Jerry Nadler, mein Lehrer, ist jedoch ein alter Freund von Dad. Und Jerry sagt, ich hätte Talent. Er meint, ich sähe aus wie ein junger Tom Cruise, und er glaubt, dass sich die Leute wegen meines verschmitzten Lächelns an mich erinnern werden.

Ich weiß, ich habe kaum eine Chance, ein großer Filmstar zu werden. Zu uns kommen viele Filmstars ins Haus und es sind wirklich beeindruckende Leute. Aber ich hätte nichts dagegen, vielleicht in ein paar Werbespots mitzuspielen und eine Menge Kohle zu verdienen.

Ich warf meinen Krempel ins Schließfach, doch dann stutzte ich und stöhnte: Aus dem Bücherstapel am Boden schaute ein brauner Umschlag heraus. Vor zwei Tagen hatte Dad mich gebeten, ihn bei der Post einzuwerfen. Aber das hatte ich glatt vergessen.

Dann schick ich ihn halt morgen weg, beschloss ich. Ich knallte die Spindtür zu und klickte das Zahlenschloss ein. In dem Moment sah ich, wie Cindy mir über den Flur zuwinkte. Ich rief ihr zu, dass ich spät dran sei.

»Wo gehst du hin?«, wollte sie wissen.

»Äh … ich muss meiner Mom bei der Wohltätigkeitsarbeit helfen«, antwortete ich. »Kerzen sammeln für die Obdachlosen!«

Warum erfand ich so was?

Wieso sagte ich ihr nicht einfach die Wahrheit? Manchmal weiß ich gar nicht, warum ich mir solche Geschichten ausdenke. Nun, vermutlich deshalb, weil mir das liegt!

Ich verabschiedete mich mit einem Alles-klar-Daumen und stürmte zur Vordertür hinaus.

Dads schwarzer Mercedes parkte gleich über der Straße. Der Himmel war strahlend blau, die Sonne schien und es war sommerlich heiß, obwohl es schon Ende Herbst war. Im Sonnenschein funkelte der Wagen wie ein großer, schwarzer Edelstein.

»Yo, yo, yo!«, begrüßte mich Dad. »Was geht ab, Ross? Alles senkrecht, Mann?« Mein Dad findet dieses total bescheuerte, altmodische Rappergeschwätz witzig. Mom meint, wenn wir es einfach überhören, würde Dad vielleicht damit aufhören.

»Hi, Dad«, sagte ich und rutschte auf den Beifahrersitz. »Autsch.« Das schwarze Leder war von der Sonne kochend heiß.

Dad warf einen prüfenden Blick in den Rückspiegel und drückte sich die Haare an den Schläfen an.

Er sieht sehr jugendlich aus und ist stolz darauf. Genau wie ich hat er glatte, braune Haare und dunkelgraue Augen. Wann immer er an einem Spiegel vorbeigeht, kontrolliert er seine Frisur und vergewissert sich, dass er keinen Haarausfall hat.

Mein Dad ist immer sonnengebräunt. Er sagt, das gehöre zu seinem Job. Und er trägt stets die gleichen Sachen – schwarze Hosen und dazu ein schwarzes T-Shirt unter einem offenen Sportsakko. Das sei, so sagt er, das Firmenoutfit. So wie der schwarze Mercedes der Firmenwagen ist.

Dad macht sich ständig über das Filmbusiness lustig. Aber ich weiß, er liebt es, eine große Nummer im Studio zu sein.

Noch ein prüfender Blick in den Rückspiegel, dann lenkte Dad den Wagen vom Randstein weg. Ich beugte mich vor und drehte die Klimaanlage voll auf.

»Ich muss rasch beim Universe-Filmgelände vorbeischauen und mit einem Produzenten sprechen, den ich gern unter Vertrag nehmen möchte«, informierte mich Dad. »Danach fahre ich dich zu Jerry. Wie kommt ihr beide denn miteinander klar? Lernst du was bei ihm?«

»Ja«, sagte ich. »Der Unterricht ist echt stark. Wir haben vor allem Drehbücher gelesen. Laut, weißt du.«

Dad kicherte. »Bist du schon fit für Probeaufnahmen?«

Ich lachte ebenfalls. »Nee, noch nicht.«

Das Autotelefon piepte. Dad drückte die Freisprechtaste am Lenkrad und unterhielt sich mit seiner Sekretärin über irgendwelchen Honorarwirrwarr.

Palmen glitten links und rechts vorbei. Dad drehte

sich zu mir. »Du hast diesen Brief doch abgeschickt, ja? Darin waren sehr wichtige Verträge.«

»Ja, ich hab ihn eingeworfen«, versicherte ich. Eine glatte Lüge. Ich wusste, ich würde ihn morgen einwerfen.

»Puh. Das ist gut.« Dad seufzte. »Wenn der Brief zu spät eintrifft, werden die mein Fell an die Wand nageln.«

»Mach dir keine Sorgen«, erwiderte ich.

»Ich bin für Außenaufnahmen so lange weg gewesen von daheim, dass wir nicht viel Zeit füreinander hatten«, sagte Dad. »Wie läuft's in der Schule?«

»Spitze!«, erzählte ich ihm. »Miss Douglas hat heute gesagt, dass ich wahrscheinlich einen Schulpreis bekomme.«

»Hey – Wahnsinn!« Dad streckte mir die Hand hin, klatschte meine ab und wäre beinahe von der Straße abgekommen.

Wieder piepte das Telefon und Dad redete, bis wir auf das Universe-Gelände fuhren. Der Pförtner winkte uns durch.

Ich war schon früher mit Dad hier gewesen. Wir fuhren an den langen, weißen Gebäuden vorbei, bis wir einen Parkplatz fanden.

Dad schob mich in einen großen Raum, der eher an ein Wohnzimmer erinnerte als an ein Büro. Zur Einrichtung zählten zwei lange, rote Ledersofas, die sich auf einem dicken, weißen Teppich gegenüberstanden, rote, farblich auf die Sofas abgestimmte Vorhänge, drei Fernseher, eine Bar in Schwarz und Chrom und ringsherum Bücherregale.

Kein Schreibtisch.

»Das ist Morts Büro«, sagte Dad. »Du wartest hier. Ich bin in fünf Minuten zurück. Das Treffen ist für mich wirklich wichtig. Ich muss Mort überreden, bei mir zu unterschreiben.«

Er zeigte auf die hohen Regale, die mit gerahmten Fotos, Filmpreisen, Plaketten, Vasen und anderem Gerümpel voll gestellt waren. »Sieh dich um. Aber gib Acht, Ross. Fass ja nichts an. Wenn es um seine Sammlung geht, spinnt Mort. Er rastet aus, wenn er irgendwo auch nur einen Fingerabdruck entdeckt!«

»Kein Problem«, versicherte ich.

»Ich muss diesen Kerl auf meine Seite ziehen«, sagte Dad und verschwand durch die Tür.

Ich pflanzte mich auf eines der roten Sofas. Schon sank ich etwa einen halben Meter tief in die Polster! Das war die weichste Couch, auf der ich je im Leben gesessen hatte!

Nach einer Minute oder zwei wurde mir langweilig. Ich ging rüber zu den Regalen und begann, die Fotos und Preise zu betrachten.

Da war ein Foto von Mort mit dem Präsidenten der Vereinigten Staaten, wo sie auf einem Golfplatz in die Kamera grinsten. Der Präsident hatte es sogar signiert.

Dutzende andere Fotos zeigten Mort mit Filmstars und wichtig aussehenden Leuten.

Auf einem Regal lag ein Ritterhelm und ein poliertes Silberschwert. Wahrscheinlich Requisiten aus einem Film.

Das nächste Regal stand voll mit Auszeichnungen und Preisen. Vor einer wohl bekannten, goldenen Statue blieb ich stehen. Ein Preis von der Akademie! Ein Oscar!

Meine Hand strich über den glatten, schimmernden Kopf. Wow! Einen Oscar hatte ich noch nie berührt.

»Obercool!«, sagte ich laut.

Ich konnte mich nicht bremsen. Ich musste ihn einfach in die Hand nehmen. Ich musste sehen, wie schwer er war und wie es sich anfühlte, einen richtigen Oscar in der Hand zu halten.

Der Oscar war viel schwerer, als ich angenommen hatte. Ich hielt ihn fest in beiden Händen. Er war so glatt. Das Gold glänzte im Schein der Deckenlampen.

Ich packte ihn um die Mitte und hob ihn über den Kopf. »Danke!«, rief ich einem imaginären Publikum zu. »Ich danke Ihnen für diesen Preis! Ich liebe ihn und habe ihn wahrlich verdient!«

Ich hob die Statue höher –

– und da glitt sie mir aus der Hand.

Hastig griff ich danach. Stocherte wild in die Luft.

Bekam sie nicht zu fassen.

Und sah sie zu Boden fallen.

Es gab einen dumpfen Knall, als die Figur seitlich aufschlug. Und dann folgte ein entsetzliches *Kraaaack*! Ich wusste, dieses fiese Geräusch würde ich niemals vergessen.

Ich fiel auf die Knie, um den Oscar aufzuheben.

»Bitte sei noch ganz … bitte sei noch ganz!«

Nein. Die Figur war kaputt.

Der runde Kopf des Oscars war abgebrochen.

In der einen Hand hielt ich den Körper, in der anderen den Kopf.

Und dann – noch immer auf Knien – hörte ich, wie Schritte rasch näher kamen.

Gleich würde jemand das Büro betreten!

GRUSELFIEBER 3

Ich erstarrte in Panik. Das Herz raste mir in der Brust, ich konnte das Rasseln meines Atems hören.

Ich hechtete zur Couch und stopfte verzweifelt den Oscar – oder besser gesagt, beide Teile davon – darunter.

Als ich aufschaute, sah ich Dad gerade zur Tür reinkommen. »Ross? Was machst du da unten auf dem Boden?«

»Oh. Ich … mir ist mein Kaugummi runtergefallen. Aber ich hab ihn schon wieder.« Zitternd rappelte ich mich auf.

Dad beäugte mich neugierig. »Mir war so, als hätte es hier drin gerummst. Ist alles in Ordnung?«

Ich zuckte die Achseln. »Gerummst? Ich hab nichts gehört.«

Er musterte mich eine ganze Weile. »Nun ... was hast du mit deinem Kaugummi gemacht?«

»Verschluckt«, antwortete ich.

Dad fand das komisch. Er lachte. »Mit Mort ist es super gelaufen. Ich denke, ich habe ihn rumgekriegt. Los, komm. Jetzt fahren wir dich zu Jerry. Du bist schon spät dran.«

Auf dem Weg zum Auto zitterten mir noch immer die Knie. Das war verdammt knapp, dachte ich. Aber jetzt dürfte ich wohl aus dem Schneider sein.

Da lag ich natürlich voll daneben.

Kurz vor dem Abendessen kamen wir nach Hause. Hannah, unsere Köchin, trug schon die Teller zum Tisch. Dad ging noch ins Büro, um ein paar Anrufe zu tätigen.

Ich ließ den Rucksack in meinem Zimmer auf den Boden fallen. Dann drehte ich mich um und sah meinen acht Jahre alten Bruder Jake zur Tür reinkommen. »Hey – Jake Wichtelzwerg!«, begrüßte ich ihn und hob die Hand. »Gib mir sechs!«

»Ich hab keine sechs Finger!«, greinte Jake. »Und hör auf, mich Wichtelzwerg zu nennen!«

»Okay. Wie gefällt dir Jake Torfnase?«

»Nenn mich nicht so!« Mein kleiner Bruder ist die größte Heulsuse von Beverly Hills.

Du kannst dir wahrscheinlich schon denken, dass wir nicht miteinander auskommen. Das Problem ist, Jake und ich haben null gemeinsam. Er hat keinen Sinn für Humor und fix im Kopf ist er auch nicht.

Jake sieht mir nicht mal ähnlich. Er schlägt ganz nach Moms Seite der Familie und hat lockiges, karottenrotes Haar, blasse Haut, grüne Augen und ein schmales Rattengesicht, aus dem die Schneidezähne hervorgucken.

»Hey, Rattenkopf!«, zog ich ihn auf. »Was tust du in meinem Zimmer?«

»Ich will meine Comic-Bücher zurück«, greinte er. Jake besitzt eine riesige Sammlung japanischer Comic-Alben.

»Comic-Bücher? Ich lese keine Comics«, sagte ich.

»Du hast sie dir ausgeliehen!«, schrie Jake. »Letzte Woche hast du sie dir ausgeliehen. Du hast gesagt, du würdest sie mir zurückgeben!«

»Ich hab nie irgendwelche Comics ausgeliehen. Und jetzt hau ab.«

Warum ich Jake so quäle? Keine Ahnung. Die Comic-Bücher lagen in meiner untersten Schreibtischschublade. Ich hätte sie ihm einfach so zurückgeben können. Aber ich wollte, dass er was dafür tut.

Jake geschieht das ganz recht. Er ist so eine Heulsuse. Und er hilft mir nie.

Letzte Woche wollte ich mich mit ein paar Jungs beim Planet Hollywood drüben am Wilshire Boulevard treffen. Ich habe Jake angebettelt, er solle Mom und Dad erzählen, ich sei zu Sharma gegangen, um für Chemie zu büffeln.

Aber das wollte er partout nicht machen. »Ich kann doch nicht lügen!«, sagte er.

»Wieso denn nicht?«, fragte ich ihn.

»Weil das nicht in Ordnung ist.«

Und genau das ist der Punkt, warum es mir gefällt, ihn zu quälen.

»Ich weiß, wo die Comics sind«, quiekte Jake, schlüpfte an mir vorbei und zog die unterste Schublade des Schreibtischs auf. »Da!«

Ich wollte gerade protestieren, als ich Dads Stimme von unten hörte. »Ross – komm mal runter!«

Oh-oh. Dad klang wütend. Richtig wütend.

Ich nahm den Stapel Comics und schmiss sie Jake vor die Füße. Dann ging ich langsam die Treppe runter. »Du hast mich gerufen?«, fragte ich kleinlaut.

Dad hielt sein Handy in der Hand. »Ich habe Mort am Telefon«, sagte er und sah mich finster an. »Mort sagt, er habe es sich mit unserer Zusammenarbeit anders überlegt. Er hat den zerbrochenen Oscar gefunden.«

Mir klappte die Kinnlade herunter. »Oscar? Was denn für ein Oscar?«

»Ross, ich hab dir doch gesagt, dass du nichts anfassen sollst! Und ich hab dir erzählt, was Mort für einen Zirkus um seinen Krempel macht. Er hat die Scherben von dem Oscar unter dem Sofa gefunden.«

»Aber … ich habe die ganze Zeit auf dem Sofa gesessen«, erklärte ich, während mein Herz vor Angst Purzelbäume schlug. Mein Mund war plötzlich ganz trocken. »Ich habe nie irgendeinen Oscar gesehen.«

Dad sprach etwas ins Telefon, dann legte er auf. Er starrte mich wütend an. »Du warst als Einziger in dem Büro.«

»Nein«, schwindelte ich. »Da kam eine Putzfrau rein. Äh … zwei Putzfrauen, und ich habe gesehen, wie sie die Regale abstaubten. Ich –«

Mom kam durch die Haustür, beladen mit Einkaufstüten. »Was ist denn hier los?«

»Ross steht da und macht mich zum Affen. Er lügt mir ins Gesicht«, sagte Dad kopfschüttelnd. »Lügt mir direkt ins Gesicht!«

Mom seufzte und ließ die Tüten auf den Teppich plumpsen. »Ross«, flüsterte sie. »Erfindest du schon wieder Geschichten?«

»Nein –«, begann ich.

»Bestraft ihn!«, quäkte Jake oben vom Treppenabsatz. »Bestraft ihn!«

»Das hier ist kein Spaß, Ross«, sagte Dad und drehte das Handy in der Hand. »Nicht im Geringsten. Du hast mich vielleicht um einige Millionen Dollar gebracht. Das muss Konsequenzen für dich haben.«

»Hackt ihm die Hand ab!«, rief Jake.

»Aber Jake!« Mom schnappte nach Luft. »Wie kommst du denn auf so eine schreckliche Idee?«

»Das machen sie mit Lügnern«, krähte Jake. »In irgendeinem Land irgendwo. Das hab ich in der Schule gelernt. Hackt ihm die Hand ab!«

Mom schüttelte den Kopf. »Nun, das werden wir nicht tun.«

»Nein, werden wir nicht«, bekräftigte Dad. »Wir lassen uns was Schlimmeres einfallen.«

GRUSELFIEBER 4

»Du hast Hausarrest!«, verkündete Dad.

Er klatschte das Handy gegen die Handfläche, als wäre es ein Polizeiknüppel. »Du musst aufhören, immer so unehrlich zu sein.«

»Bin ich doch gar nicht!«, protestierte ich. »Ich –«

»Du hast so lange Hausarrest, wie ich es sage«, entgegnete Dad in scharfem Ton. *Klapp, klapp, klapp* schlug das Telefon gegen seine Hand.

Ich schluckte heftig. »Aber – was ist mit Mikes Poolparty am Freitagabend? Eine Menge Leute zählen auf mich!« (Vor allem die beiden Mädchen, die ich eingeladen hatte, mit mir hinzugehen!)

»Tut mir Leid, Ross«, sagte Mom sanft. »Da wirst du einfach drauf verzichten müssen.«

»Aber – ich habe meine Lektion gelernt!«, rief ich. »Ich werde nie wieder lügen. Ich schwör's!«

»Er lügt.« Jake kam ins Zimmer.

»Halt's Maul!«, fauchte ich ihn an und wandte mich wieder Mom und Dad zu. »Ehrlich. Ich verspreche es.

Ich werde nie wieder eine Lüge erzählen, solange ich lebe.«

»Das genügt nicht, Ross«, sagte Dad streng. »Du musst dich bewähren.«

»Ich werde mich nach Mikes Party bewähren. Bitte –?«

Mom und Dad schüttelten die Köpfe. »Keine weiteren Diskussionen. Du hast Hausarrest.«

»Kein Hausarrest. Hackt ihm die Hand ab!«, forderte Jake.

Dad drehte sich zu Jake. »Jakilein, die hacken einem die Hand ab wegen Diebstahls – nicht, wenn man gelogen hat.«

»Oh«, staunte Jake. »Dann schneidet ihm die Zunge ab!«

Mom und Dad prusteten los vor Lachen.

Ich fand das überhaupt nicht komisch. Murrend stapfte ich die Treppe hoch und stieß dabei Jake absichtlich gegen die Wand. Die Fäuste schwingend, stürmte ich zornig in mein Zimmer.

Ich war so wütend, dass ich meinte, platzen zu müssen. »Ich hasse meine Eltern!«, kreischte ich und trat mit voller Wucht gegen die Wand.

»Oh, ups!«

Mein Turnschuh ging glatt durch die Mauer! Verputz bröckelte auf den Boden. Ich hatte ein großes Loch in die Wand getreten!

»Ross? Was war das?«, schrie Dad.

»Äh … nichts«, rief ich. »Nichts.«

Freitagabend. Partynacht. Und wo war ich?

Im Zimmer meines Bruders, mitten in einem blöden Nintendo-Catcherspiel mit Jake, der Torfnase.

Jake liebt dieses Spiel, weil er da die Chance hat, mich aufzumischen. Auf dem Bildschirm verklopft er mich und haut mich in die Seile. Dann hüpft er eine halbe Stunde lang auf mir rum, um mich anschließend über seinen Kopf zu stemmen und hundertmal auf die Bretter zu werfen.

Er dreht durch, hämmert wie blöd auf dem Joystick herum und schlägt mich zu Brei.

Das gibt ihm den totalen Kick.

Aber mir nicht. Während alle meine Freunde Party machten, musste ich daheim rumhocken und auf Jake aufpassen. Und drüben warteten Cindy und Sharma auf mich und wurden immer stinkiger.

Vielleicht hätte ich sie anrufen und ihnen erzählen sollen, dass ich Hausarrest hatte.

Aber das konnte ich nicht. Es wäre zu peinlich.

Dad war tausende Meilen weit weg, auf den Philippinen, wo er einen Kung-Fu-Film drehte. Mom besuchte die Lamberts, Freunde von uns in Malibu.

Das Spiel war zu Ende. Jake riss die Fäuste über den Kopf und vollführte einen Siegestanz.

Durch das offene Fenster drang laute Musik. Mikes Haus lag gerade den Häuserblock runter.

Ich lehnte mich auf den Fenstersims und spähte hinaus. Ich konnte die Lichter von Mikes Pool sehen. Und ich hörte Kids rufen und lachen.

»Da sollte ich jetzt sein«, murmelte ich.

Ich drehte mich zu meinem Bruder um. »Ich mache dir einen Vorschlag«, sagte ich.

Jake schob mir einen Joystick rüber. »Komm. Auf geht's. Runde zwölf.«

»Ich mach dir 'nen Vorschlag«, wiederholte ich. »Ich lass dich eine DVD in meinem Zimmer angucken.«

Normalerweise ist das für Jake eine tolle Sache, denn er hat keinen DVD-Spieler in seinem Zimmer und die besten Filme hab alle ich.

Aber er sah mich missmutig an. »Und wo gehst du hin?«

»Weg«, sagte ich. »Ist nur für ein Weilchen. Nur für eine Stunde. Dann komme ich gleich zurück.«

»Das sage ich Mom«, quäkte Jake.

Ich ballte die Hand. »Das wirst du bleiben lassen.«

»Du hast Hausarrest, Ross«, sagte Jake. »Du darfst nicht rausgehen. Das petze ich.«

»Du darfst dir ansehen, was immer du magst. Egal welchen Film«, lockte ich Jake. »Und du kannst eine ganze Tüte M&Ms futtern.«

Ein paar Minuten später schlich ich mich aus dem Haus. Ich hatte mir eine weite, schwarze Badeshorts angezogen und dazu ein cooles, schwarz-rotes Hawaiihemd, mein Partyshirt. Außerdem hatte ich ein Handtuch und eine Ersatzbadehose in eine Plastiktüte gepackt.

»Ross –!«, rief Jake mir aus meinem Zimmerfenster hinterher. »Ross – das wird dir noch Leid tun!«

Ich lachte nur.

GRUSELFIEBER

5

»Jetzt wird gefeiert!«, erklärte ich und nahm die gewohnte Abkürzung durch die hohen Hecken zur Terrasse in Mikes Garten. Dort war es taghell und der tropfenförmig angelegte Pool glitzerte. Aus den großen Lautsprecherboxen oben auf dem Dach des Poolhauses dröhnte Discomusik.

In der Mitte der Terrasse stand ein Mann in einem weißen Jackett hinter einem Tisch und machte Tacos. Hinten am Haus, abseits von allem Trubel, sah ich Mikes Eltern mit einigen anderen Erwachsenen sitzen.

Wildes Geplantsche, Schreie und lautes Gelächter erfüllten die Luft.

Am einen Ende des Pools tobte eine heftige Wasserschlacht. Irgendein armer Junge wurde von vier oder fünf Mädchen voll gespritzt, die sich mächtig verausgabten.

Auf der anderen Seite fand gerade ein Poolnudelkrieg statt. Jungs bewarfen sich mit Poolnudeln, schlugen aufeinander ein, klatschten sich auf Rücken, Schultern und Köpfe. *Wapp! Za-wapp! Patsch!*

Zwei Poolnudeln zerbrachen und alle lachten wie verrückt.

»Hey, Ross!« Mike kam auf mich zu gerannt, in der einen Hand eine Dose Mineralwasser, einen Taco in der anderen.

Mike ist groß, mit kräftigen Armen und breiter Brust. Er sieht aus wie eine Sportskanone, aber Sport ist überhaupt nicht sein Ding. Er hat kurze, stachlige, braune Haare, große, braune Augen und ein Grinsen, das von einem Ohr bis zum anderen reicht. Und die Mädchen halten ihn für ein Riesenbaby.

Mike war klatschnass, denn er war gerade erst aus dem Pool gestiegen. Jetzt stand er da in abgeschnittenen Jeans, die ihm an der Haut klebten. Die Brust hatte er sich mit etwas Tacofleisch bekleckert.

»Ross, mit dir hab ich schon gar nicht mehr gerechnet, Mann.« Bei dem Versuch, den Daumen zum Gruß hochzureißen, hätte er beinahe den Taco fallen lassen.

»Hey, hier steigt doch 'ne Party – richtig?«, tönte ich. »Also bin ich hier.«

Mike biss herzhaft in den Taco. »Ich hab läuten hören, du hättest Hausarrest bis an dein Lebensende oder so.«

»Ach was!«, wehrte ich ab.

»Das hat dein Bruder erzählt.«

»Der spinnt doch«, sagte ich zu Mike. »Warum sollte ich Hausarrest kriegen?«

Ich sah Cindy von einem Stuhl am Beckenrand aufspringen. Sie trug einen weißen Bikini. Ihr schwarzes Haar wippte auf und ab, als sie über die Terrasse auf mich zu gelaufen kam. »Hey, Ross – wo warst du?«

»Hi«, sagte ich und warf ihr mein süßestes Lächeln zu. »Wie geht's?«

»Du kommst eine Stunde zu spät«, polterte sie los, die Arme vor der Brust verschränkt. »Was ist passiert?«

»Also …« Ich überlegte angestrengt.

»Es war wegen meinem Bruder«, sagte ich. »Jake hat sich nicht gut gefühlt. Er war irgendwie krank. Deshalb wollte ich daheim bleiben und ihn aufmuntern, verstehst du. Ihm aus Büchern vorlesen, ein paar Spiele machen. Dabei muss ich wohl die Zeit vergessen haben.«

Cindys strenge Miene wurde sanft. »Das war aber lieb von dir«, sagte sie leise.

»Na ja, er ist mein einziger Bruder, weißt du. Ich versuche, gut auf ihn Acht zu geben.«

Über Cindys Schulter hinweg sah ich, wie Sharma mir von der tiefen Seite des Pools aufgeregt zuwinkte.

»Ich bin am Verhungern«, sagte Cindy. »Die Tacos da sehen echt lecker aus. Aber ich hab gewartet, bis du da bist.« Sie wollte mich in Richtung Buffet ziehen.

»Äh … geh schon mal vor und hol dir einen«, drängte ich Cindy. »Wir treffen uns gleich da drüben. Ich will bloß meine Tüte abstellen.«

Sie rauschte zum Tacomann davon, während ich um den Pool herum zu Sharma joggte. »Hey – was geht ab?«

Sie kniff die Augen zusammen. »Wo bist du gewesen?«

Ich erzählte ihr die gleiche Geschichte, dass ich daheim geblieben wäre, um meinen Bruder aufzumuntern. Und auch sie kaufte mir das ab.

»Worüber hast du dich mit Cindy unterhalten?«, wollte Sharma wissen.

Eine Frisbeescheibe kam vom Pool angeflogen. Ich schnappte sie mir und warf sie zurück. »Oh. Nur über irgendwas wegen der Schule«, sagte ich.

»Hast du Lust auf ein paar Tacos?«, fragte Sharma.

Ich blickte über den Pool und sah, dass Cindy beim Tacostand auf mich wartete.

»Äh … jetzt gerade nicht«, sagte ich zu Sharma. »Ich muss erst unbedingt eine Runde schwimmen. Das Wasser sieht doch toll aus, oder? Warum gehst du nicht schon rein und ich komme dann gleich nach?«

Ich drehte mich um und flitzte zurück zu Cindy.

Da werde ich nun den ganzen Abend lang zwischen den zwei Mädels hin und her rennen, schoss es mir durch den Kopf. Wie in einer total beknackten Sitcom im Fernsehen. Nur ist das mein Leben!

»Hier. Ich hab dir einen Taco geholt«, sagte Cindy und drückte mir den Taco in die Hand. »Worüber hast du mit Sharma gesprochen?«

»Hatte mit der Schule zu tun«, sagte ich. »Sie hatte eine Frage zu irgendeiner Hausaufgabe.«

Cindy blickte mich misstrauisch an.

Ich drehte den Kopf und sah, dass Sharma mir schon wieder vom tiefen Ende des Pools zuwinkte.

Wie lange es wohl dauern würde, bis Cindy und Sharma hinter den Schwindel kamen?

Nicht lange.

Irgendwie standen wir einige Minuten später zu dritt am Beckenrand. Cindy sah Sharma an, Sharma sah Cindy an.

»Bist du mit Ross hier?«, fragte Cindy.

»Ja«, antwortete Sharma. »Du auch?«

»Moment, ich kann das erklären«, rief ich.

Ich bekam keine Gelegenheit.

Cindy fasste mich um die Taille, Sharma packte meine Beine. Dann hoben sie mich hoch – und schmissen mich in den Pool.

Es gab einen lauten Platscher.

Und ich versank im kalten, klaren Wasser.

Ich schnellte zur Oberfläche und spürte Hände, die nach meinen Haaren griffen. Sie tunkten mich wieder runter.

»Hey – Hilfe!«, prustete ich.

Aber die Hände drückten mich unter Wasser, hielten meinen Kopf unten.

Ich strampelte und schlug um mich, kam frei und schoss keuchend und spuckend an die Oberfläche.

Da saßen die beiden Mädchen und lachten aufgedreht. Sie fanden das wahnsinnig komisch.

Dann stießen sie mich wieder unter Wasser und hielten mich unten.

Ich zappelte und strampelte. Aber diesmal konnte ich mich nicht befreien.

Über mir hörte ich die beiden lachen. Jetzt zahlten sie es mir heim, sie nahmen Rache und genossen es richtig.

Sie pressten meine Schultern nach unten, drückten meinen Kopf unter Wasser.

Ihr lasst mich zu lange unter Wasser … dachte ich. Zu lange!

Ich fühlte, wie meine Brust sich in Panik zusammenkrampfte! Ich schluckte Wasser und fing an zu würgen.

Hilfe – ich ertrinke!, war mein einziger Gedanke. Lasst mich rauf! Zu lange! Ihr ERTRÄNKT mich!

GRUSELFIEBER

6

Die Brust tat mir höllisch weh. Ich schluckte noch einen Schwall Wasser.

Merkten die zwei denn nicht, was sie da taten?

Das ist nicht lustig! Ihr ERSÄUFT mich!

Lichter blinkten im Wasser. Blau. Weiß. Blau. Weiß.

Ich … kann nicht … atmen …

Die Hände wurden zurückgezogen. Der Druck wich.

Wie ein Korken sauste ich nach oben und kam hustend und prustend an die Oberfläche.

In tiefen Zügen sog ich gierig die Luft ein. Meine Brust schmerzte noch immer. Die Lichter blendeten mich.

Der Pool glitzerte so hell … so schmerzhaft grell.

Ich schloss die Augen und glitt zurück ins Wasser.

Ich tauchte unter und ließ die beiden Mädchen hinter mir. Ich schwamm langsam, mit ruhigen, gleichmäßigen Zügen. Ich öffnete die Augen und tauchte weiter. Allmählich fühlte ich, wie sich mein Körper entspannte.

Ich näherte mich dem tiefen Ende, als ich den Jungen auf mich zu schwimmen sah.

Er war ebenfalls unter Wasser und machte die gleichen langsamen Schwimmzüge. Durch das klare Wasser starrte er mich an.

Zuerst dachte ich, ich sähe mein eigenes Spiegelbild. Ob Mikes Eltern wohl einen Spiegel im Pool installiert hatten? Doch nein.

Ich starrte auf einen fremden Jungen. Einen fremden Jungen, der direkt auf mich zu schwamm. Ein Junge mit meinem Haar, meinen Augen, meinem Gesicht.

Er kam näher …

Das Wasser war so klar … ganz hell und klar.

Ich hörte mit den Schwimmbewegungen auf und ließ die Arme zur Seite gleiten. Ich starrte durch das Wasser … starrte auf einen Jungen, der genauso aussah wie ich!

Wir verharrten beide und glotzten uns aus großen Augen an. Lichter schimmerten und blinkten im Wasser und ließen die Szenerie unwirklich erscheinen, wie einen Traum.

Mein Anblick schien ihn genauso zu überraschen!

Das gibt's doch nicht, dachte ich. Ein perfekter Zwilling. Er trägt sogar weite, schwarze Badeshorts.

Nein, unmöglich.

Ich schwamm dichter heran.

Seine Augen weiteten sich. Sein Gesichtsausdruck veränderte sich. Jetzt schaute er wütend, ärgerlich.

Luftblasen stiegen blubbernd aus seinem offenen Mund.

Und dann bildete er mit den Lippen zwei Worte.

Was sagte er da? Ich bemühte mich, ihn zu verstehen.

Auf der Stelle treibend, sah ich genauer hin.

Geh weg.

Das war es, was er meiner Meinung nach sagte.

Weitere Luftblasen entwichen seinem geöffneten Mund und er formte abermals die Worte:

Geh weg.

Warum sagte er das? Weshalb schien er so aufgebracht?

Wer war er? Was machte er hier? Ich hatte einen ganzen Sack Fragen, die ich ihm stellen wollte.

Aber wieder hatte ich das Gefühl, als wolle mir die Brust zerspringen.

Ich musste Luft holen, musste atmen.

Also hob ich die Arme, stieß mich ab und stieg zur Oberfläche empor. Wie zuvor atmete ich kräftig durch.

Und dann wartete ich, dass auch der andere Junge auftauchte.

Er musste doch auch atmen – richtig?

Ich trat auf der Stelle und wartete, rieb mir das Wasser aus den Augen und strich mir mit der Hand das dunkle Haar nach hinten.

Wo war er?

Er tauchte nicht auf.

Ich schwamm langsam in die Richtung, aus der er gekommen war, und suchte das Becken nach ihm ab.

Im Bruststil glitt ich langsam vorwärts, tauchte den Kopf ins Wasser und spähte in das blau schimmernde Licht.

Nein.

Keine Spur von ihm.

Ich erreichte die gegenüberliegende Beckenwand, wendete und schwamm zurück. Dann tauchte ich zum Boden des Pools hinab und wieder an die Oberfläche.

Der Junge war weg. Verschwunden.

Aber – wie?

Wer war er? Warum sah er mir so ähnlich? Und wieso sagte er zu mir, ich solle weggehen?

Fragen über Fragen.

Ich kletterte aus dem Pool. Schüttelte mich wie ein Hund zum Trocknen, schnappte mir mein Handtuch und schlang es um die Schultern.

Cindy und Sharma waren noch am Beckenrand. Sie lachten und tanzten zu der Musik, die vom Poolhaus herüberdröhnte.

Ich rannte zu ihnen und winkte wild. Meine nackten Füße platschten über die Steinterrasse. »Habt ihr eben diesen Kerl gesehen?«

Sie hörten nicht auf zu tanzen.

»Habt ihr ihn gesehen? Den Jungen im Pool, der aussieht wie ich?«

Sie ignorierten mich. Ich schätze, die beiden waren immer noch sauer.

»I-ich glaube, ich hab einen Doppelgänger«, keuchte ich.

Sharma sah mich finster an und verdrehte die Augen. »Einer von deiner Sorte reicht schon«, zischte sie.

»Ihr habt ihn also wirklich nicht gesehen?«, bohrte ich.

Sie tanzten weiter.

Plötzlich fiel mir ein, dass es langsam spät wurde. »Wie viel Uhr ist es?«, fragte ich.

Cindy und Sharma unterhielten sich beim Tanzen und taten, als würde ich gar nicht existieren.

Ich rannte über die Terrasse zu Mike, der mit drei Mädchen aus unserer Klasse herumalberte.

Ich schlug ihm mit einem nassen Handtuch auf den Rücken, damit er mich beachtete.

»Ich muss weg«, sagte ich. »Jake muss noch bei einem Freund abgeholt werden. Echt coole Party!«

»Jetzt geht's doch erst richtig los!«, protestierte Mike.

Aber ich verabschiedete mich mit einem hochgereckten Daumen und düste ab. Bei der Hecke blieb ich stehen und drehte mich um.

Schützend legte ich die Hand vor die Augen wegen der hellen Lichter und suchte nach dem Jungen, der mir so ähnlich sah.

Nirgends eine Spur von ihm.

Cindy und Sharma lachten laut über irgendetwas. Ein Junge machte einen Bauchplatscher ins Becken, dass es mächtig spritzte und die beiden Mädchen klatschnass wurden.

Ich zwängte mich durch die Lücke in der Hecke und machte mich durch die Gärten auf den Heimweg. Mir war klar, dass ich zu Hause sein musste, ehe Mom zurückkam.

Jake Wichtelzwerg würde niemals für mich lügen. Ihm würde es gefallen, wenn Mom als Erste heimkäme, damit er bei ihr petzen konnte, dass ich zu Mikes Party abgehauen war.

In der Auffahrt blieb ich stehen und blickte zum Haus rauf. »Oh nein«, stöhnte ich.

Die Lichter brannten in sämtlichen Zimmern, die zur Straße lagen. Und Moms Jaguar stand in der Auffahrt.

Nein. Nein. Nein.

Wann war sie zurückgekommen?, grübelte ich. Ob sie wusste, dass ich nicht da war?

Hatte Jake mich bereits verpfiffen?

In den Schatten geduckt, schlich ich mich zur Seite unseres Hauses.

Hier hatte der Gärtner vor einigen Jahren eine Reihe Olivenbäume gepflanzt. Die Bäume sind zwar noch klein, aber einer ist schon groß genug, dass ich mich auf einen Ast stellen und von dort mein Schlafzimmerfenster erreichen kann.

Das mache ich aber nur in Notfällen.

Und dies war eindeutig ein Notfall.

Wenn Mom herausfand, dass ich Jake allein gelassen

und mich zu Mikes Party verkrümelt hatte, würde ich Hausarrest bekommen, bis ich mindestens sechzig war!

Ich musste durchs Fenster in mein Zimmer klettern und dann die Treppe runterkommen, als wäre ich die ganze Zeit über da gewesen.

Wenn Jake behauptete, ich wäre fortgegangen, würde ich Mom erzählen, er sei verrückt.

Zwei, drei Meter vor dem Olivenbaum blieb ich stehen und blickte zum dunklen Zimmerfenster hinauf.

Eine Kleinigkeit, da hochzuklettern.

Null Problemo.

Ich griff nach dem untersten Ast und begann mich raufzuziehen.

Doch da umklammerten zwei Hände meine Hüften, packten mich grob und zogen mich wieder runter.

Noch im Zurückrutschen hörte ich ein hohes Kichern.

Ich fiel auf den Boden, fuhr hastig herum, sprang auf die Füße.

Und blinzelte Jake wütend an.

»Was machst du hier draußen?«, zischte ich und meine Stimme überschlug sich.

Daraufhin kicherte Jake nur noch mehr. Seine Augen

funkelten aufgeregt im trüben Licht. Er liebt es, mich zu erschrecken. Er findet es irre witzig, wenn er sich von hinten an mich ranschleicht und mich dann schnappt oder »Buh!« ruft.

»Was machst du hier draußen?«, wiederholte ich und packte ihn an den Schultern.

Sein Grinsen wurde breiter. »Ich hab dich kommen sehen.«

Ich drückte seine schmächtigen Schultern fester. »Wann ist Mom nach Hause gekommen? Weiß sie, dass ich ausgebüchst bin?«

»Schon möglich«, meinte Jake. »Vielleicht hab ich's ihr erzählt. Vielleicht aber auch nicht.«

»Ja, was denn jetzt?«, drängte ich.

»Vielleicht musst du es selbst herausfinden«, sagte er.

Ich lockerte meinen Griff und strich die Vorderseite seines T-Shirts glatt. »Hör zu, Jake, hilf mir hier raus. Ich –«

Das Esszimmerfenster wurde geöffnet und Mom streckte ihren Kopf heraus. »Da bist du ja, Rosssss.«

An der Art, wie sie meinen Namen zischte, wurde mir klar, sie war total sauer.

»Rein mit euch«, befahl Mom. »Alle beide. Sofort.« Sie knallte das Fenster so heftig zu, dass die Scheiben klirrten.

Sie wartete in der Küche auf uns, die Hände fest in die Hüften gestemmt. »Wo warst du, Rosssss?«

»Äh … nirgends«, antwortete ich.

»Du warst nirgends?«

»Genau«, sagte ich.

Jake lachte.

Moms Augen bohrten sich in meine. »Du warst nicht zu Hause, als ich heimkam. Richtig?«

»Na ja … es ist nicht so, wie du denkst«, druckste ich herum. »Ich meine, ich war nicht auf Mikes Party.«

»Doch, warst du wohl!«, krähte Jake.

»Also, wo bist du gewesen?«, fragte Mom. »Warum trägst du eine Badehose? Und wieso ist sie nass?«

»Äh … weißt du, Jake hat sich einen Videofilm angeschaut. Und mir war so heiß … da bin ich bloß kurz nach draußen, um mich abzukühlen. Ich bin in unserem Pool geschwommen. Ehrlich. Ich weiß doch, dass ich Hausarrest hab. Also bin ich einfach bei uns am Pool rumgehangen.«

Jake lachte.

»Halt die Klappe, Jake!«, giftete ich ihn an. Ich drehte mich von ihm weg. »Er will mich bloß in Schwierigkeiten bringen, Mom. Ich war hinten im Garten, wirklich.«

Mom musterte mich stirnrunzelnd. An ihrem Gesichtsausdruck konnte ich ablesen, dass sie hin und her überlegte, ob sie mir glauben sollte oder nicht.

Das Telefon läutete.

Mom drückte den Knopf für den Lautsprecher. »Hallo?«

»Oh, hallo, Mrs. Arthur?«

Ich erkannte Mikes Stimme. Im Hintergrund hörte ich, dass die Party noch voll im Gang war.

»Ja, Mike. Wolltest du mit Ross sprechen?«

»Nein«, antwortete Mike. »Ich wollte ihm nur ausrichten, dass er sein Handtuch und die andere Badehose bei mir liegen gelassen hat.«

Ich sank auf einen Küchenstuhl. Schon wieder erwischt.

Mom bedankte sich bei Mike und legte auf. Als sie sich zu mir umdrehte, machte sie nicht gerade ein freundliches Gesicht. Tatsächlich war sie puterrot angelaufen.

»Ich mache mir ernsthafte Sorgen um dich, Ross«, flüsterte sie.

»Wie? Sorgen?«

»Ich glaube, du kannst nicht mehr die Wahrheit sagen.«

»Natürlich kann ich das«, entgegnete ich. »Ich hab bloß –«

Mom schüttelte den Kopf. »Nein. Im Ernst, Ross. Ich denke, du kennst den Unterschied zwischen der Wahrheit und einer Lüge nicht.«

Ich sprang vom Stuhl. »Ich kann die Wahrheit sagen!«, protestierte ich. »Ich schwöre, ich kann's. Manchmal erfinde ich Dinge, weil ... weil ich keine Schwierigkeiten bekommen will.«

»Ross, ich glaube, du kannst nicht aufhören, Dinge zu erfinden«, sagte Mom leise. »Wenn dein Vater von den Dreharbeiten heimkommt, müssen wir uns alle zusammensetzen und über dieses Problem reden.«

Ich starrte zu Boden. »Okay«, antwortete ich.

Und dann fiel mir plötzlich der Junge im Pool wieder ein. Ich musste Mom nach ihm fragen.

»Mom, kann ich dir eine etwas merkwürdige Frage stellen? Habe ich einen Zwillingsbruder?«

Sie kniff die Augen zusammen und sah mich lange an. Was sie dann sagte, schockierte mich. »Ja«, antwortete sie. »Ja, das hast du.«

9

»Was?«, keuchte ich.

Mom nickte. »Es gibt einen guten Zwilling und einen bösen. Du bist der missratene.« Sie lachte.

»Haha«, sagte ich und verdrehte die Augen. »Guter Witz, Mutter.«

Mom drückte meine Schulter. »Warum sollte ich zwei von deiner Sorte haben wollen?«

»Ich will einen Zwilling!«, rief Jake. »Dann könnten wir Ross zu zweit vermöbeln!«

»Wir haben ernstere Probleme zu besprechen«, sagte Mom mit einem Seufzer. »Lassen wir das Thema Zwillinge.« Sie öffnete den Kühlschrank, nahm eine Flasche Wasser heraus, setzte sie an den Mund und nahm einen tiefen Schluck.

»Aber ich hab einen Jungen gesehen, der genauso aussieht wie ich. Ich meine, *exakt* wie ich. Er hätte mein Zwillingsbruder sein können!«

Mom nahm noch einen Schluck und stellte dann die Flasche zurück in den Kühlschrank. »Hast du in einen Spiegel geguckt?«

Ich verdrehte abermals die Augen. »Haha. Noch ein guter Witz, Mom. Erinnere mich, dass ich später darüber lache.«

»Ich gehe ins Bett«, sagte Mom. Sie knipste die Lichter in der Küche aus und ging aus dem Zimmer.

»Nein, warte.« Ich lief ihr nach. »Ich hab tatsächlich meinen Doppelgänger gesehen.«

Als Mom sich umdrehte, schaute sie verwirrt und traurig. »Ross, Ross, was soll ich nur mit dir machen?«, flüsterte sie. »Es vergehen wirklich keine zwei Minuten, in denen du nicht irgendeine Geschichte erfindest.«

Ich fühlte die Wut in mir aufsteigen und ballte die Fäuste. »Das erfinde ich nicht!«, schrie ich. »Es ist die Wahrheit!«

Ich schubste Jake beiseite und rannte auf mein Zimmer.

In dieser Nacht konnte ich nicht einschlafen. Meine Gedanken kreisten um diesen Jungen, der in Mikes Pool auf mich zu geschwommen war. Die ganze Zeit sah ich den verärgerten Ausdruck in seinem Gesicht. Sah, wie er mit den Lippen die Worte *Geh weg* formte.

Und dann verschwand.

Und ich musste ständig an Cindy und Sharma denken. Wie wütend sie wegen dem kleinen Durcheinander waren. Andauernd hörte ich Moms Worte: ›Ich glaube, du kennst den Unterschied zwischen der Wahrheit und einer Lüge nicht.‹

Das war verrückt. Völlig falsch.

Aber wie sollte ich es ihr beweisen?

Schließlich fiel ich in einen ruhelosen Schlaf. Ich träumte, ich lief durch das hohe Gras einer unendlichen Wiese und wurde von Cindy und Sharma gehetzt. Zornig fuchtelten die beiden mit den Armen, riefen mich, schrien aus Leibeskräften – aber ich konnte sie nicht hören. Und ich konnte nicht aufhören, durch das hohe Gras zu rennen.

Stimmen weckten mich.

Schwer atmend, setzte ich mich im Bett auf. Die Schlafanzugjacke klebte nass auf meiner Haut.

Ich schaute auf den Radiowecker. Zwei Uhr morgens.

Wer sprach da um diese Nachtzeit? Ich hielt die Luft an und lauschte angestrengt.

Die Stimmen kamen von unten. Ich hörte eine Frauenstimme. Sie redete laut, in scharfem Ton. Aber was sie sagte, konnte ich nicht verstehen.

War Dad früher von den Dreharbeiten nach Hause gekommen? Sprach er da unten mit Mom?

Ich schlüpfte aus dem Bett und lief auf Zehenspitzen in den Flur. Kurz vor der Treppe blieb ich stehen und lauschte wieder.

Unten war alles dunkel. Im Wohnzimmer brannte kein Licht. Sie müssen in der Küche sein, dachte ich.

Jetzt sprach die Frau wieder. Es war Mom. Ich erkannte ihre Stimme.

Ich beugte mich ins Treppenhaus und versuchte, ihre Worte zu verstehen.

»Spinnst du jetzt oder was?«

Das war es, was sie sagte. Sie klang nicht wütend, sondern vielmehr besorgt.

»Du hast keinen Zwillingsbruder«, sagte sie. »Es gibt keinen Zwilling. Wie kommst du bloß auf so eine verrückte Idee?«

Und dann hörte ich einen Jungen antworten.

»Aber ich habe ihn gesehen!«, sagte der Junge. »Wirklich. Ich habe ihn gesehen.«

Ich stöhnte leise auf und klammerte mich am Geländer fest, um nicht runterzufallen.

Der Junge …

Der Junge … hatte MEINE Stimme!

GRUSELFIEBER

10

»Ich erfinde das nicht«, fuhr der Junge fort – mit meiner Stimme. »Ich sah ihn – und er sah mich.«

»Es ist spät. Wir sollten längst schlafen«, entgegnete Mom. »Komm, mach das Licht aus.«

»Warum glaubst du mir nicht?«, zeterte der Junge.

Ans Geländer geklammert, spürte ich, wie ich am ganzen Körper zitterte.

Wie kann er meine Stimme haben? Wer ist er? Warum redet Mom mitten in der Nacht mit ihm?

Ich musste nachsehen, was da los war, machte einen Schritt – und stolperte.

Mein nackter Fuß glitt auf der hölzernen Diele aus und schon fiel ich die Treppe runter.

Bei jeder Stufe gab es einen schmerzhaften Bums.

Ich landete unsanft auf Ellbogen und Knien. Mein Herz pochte heftig. Ich wartete, dass der Schmerz aufhörte, und lauschte auf näher kommende Schritte, auf erstauntes Rufen aus der Küche.

Mom musste doch gehört haben, dass ich die Treppe runtergepoltert war.

Warum kam sie nicht angerannt, um zu sehen, wer da gestürzt war?

Jetzt war alles still in der Küche.

Ich rappelte mich hoch und zog den Pyjama glatt. Mein rechtes Knie tat ziemlich weh. Ich rieb es vorsichtig, während ich in Richtung Küche humpelte.

»Wer ist da unten?«, rief ich. »Mom, bist du das?«

Keine Antwort.

Die Küche war dunkel. Es brannte keine Lampe. Silbriges Mondlicht schien durch die Fenster herein. Der Raum war ohne jede Farbe. Grau in Grau lag er da.

Ich hatte plötzlich das Gefühl, in einem Schwarzweißfilm zu sein.

»Mom? Ich hab dich sprechen hören!«, rief ich.

Ich lief durch die Küche und fuhr mit der Hand über die Arbeitsplatte. »Ist hier jemand?«

Nein.

Ich spähte in den Garten hinterm Haus. Im hellen Mondlicht glitzerte das Wasser im Pool und das Gras schimmerte, als wäre es aus Silber.

Absolut unwirklich.

Ich wandte mich ab – und da ging das Licht in der Küche an. Von der plötzlichen Helligkeit geblendet, musste ich blinzeln. Mom stand im Türrahmen.

»Ross? Was treibst du denn hier unten?«, fragte sie, hielt sich die Hand vor den Mund und gähnte herzhaft.

»I-ich hab dich sprechen hören«, sagte ich.

»Mich? Das war ich nicht. Ich habe geschlafen.«

»Nein«, entgegnete ich. »Ich habe Stimmen gehört. Du warst hier in der Küche und hast mit einem Jungen geredet.«

Mom rieb sich die Augen. »Nein. Wirklich nicht, Ross. Also, warum bist du hier unten?«

»Das habe ich dir doch gesagt«, knurrte ich, ballte die Hände zu Fäusten und schlug kräftig auf die Arbeitsplatte aus Resopal. »Warum glaubst du mir denn nicht?«

»Weil ich nicht in der Küche war und auch mit niemandem gesprochen habe«, sagte Mom. »Ich lag im Bett und habe tief und fest geschlafen. Bis ich dich hier rumgeistern hörte.«

Sie gähnte. »Bestimmt hattest du einen Albtraum. Manchmal können Albträume sehr real wirken.«

»Ich hab das nicht geträumt«, beteuerte ich. »Ich kenne den Unterschied zwischen einem Albtraum und dem, was wirklich passiert.«

Ich konnte sehen, dass sie mir nicht glauben mochte. Also folgte ich ihr achselzuckend aus der Küche und knipste im Hinausgehen das Licht aus.

In jener Nacht fand ich keinen Schlaf mehr.

Ich lag wach im Bett und starrte an die Decke. Lauschte auf Stimmen von unten. Wartete … horchte nach Mom und dem Jungen mit meiner Stimme.

Ich wusste nicht, dass ich dem Jungen in wenigen Stunden wieder begegnen würde.

Ich hatte keinen Schimmer, wie gefährlich er war.

Hatte keine Ahnung, in was für grauenvollen Schwierigkeiten ich steckte.

11

Am Montagnachmittag kam Cindy auf mich zu. Ich kniete gerade im Flur vor meinem Schließfach und band mir die neuen Tennisschuhe. Sie baute sich vor mir auf und trat mir kräftig auf den Schuh. »Hey!«, fauchte ich. »Was soll das?«

Sie zuckte die Achseln. »Hatte einfach Bock drauf.«

Ich band mir rasch die Schnürsenkel, dann spuckte ich mir auf die Finger und versuchte, den Striemen abzurubbeln, den Cindy gemacht hatte. »Wenn du noch immer sauer bist auf mich wegen Mikes Party …«

»Ich habe beschlossen, wieder nett zu dir zu sein«, sagte sie.

»Nett? Indem du mir auf den Fuß latschst?«

Sie lachte. »Das sollte bloß komisch sein.« Sie fuhr sich mit den Fingern durch den glatten, schwarzen Pony. »Warum bist du am Freitagabend so früh von der Party weg? Hattest wohl Schiss, Sharma und ich würden dich noch mal in den Pool schmeißen?«

»Ihr habt mich beinahe ertränkt!«, knurrte ich.

»Verdient hättest du's«, erwiderte Cindy. »Also, warum bist du so eilig abgedampft, Ross?«

»Oh, ich hab mir Sorgen um meinen kleinen Bruder gemacht«, sagte ich. »Ich lasse ihn nicht gern lange allein.«

Cindy sah mich eindringlich an. »Ist das auch wahr?«

Ich knallte das Schließfach zu. »Natürlich«, sagte ich.

Cindy schob sich den Rucksack auf den Schultern zurecht. »Vielleicht möchtest du ja jetzt mit zu mir kommen. Wir könnten zusammen für die Gemeinschaftskundearbeit lernen.«

Ich winkte einigen Jungs auf dem Gang zu. »Ich kann nicht«, erklärte ich Cindy. »Heute ist Training von der Tennismannschaft.«

Ich blickte auf die Uhr über dem Büro des Direktors. »Ich bin schon spät dran.«

Cindy musterte mich misstrauisch. »Wo ist denn dein Tennisschläger?«

Ich lief bereits zum Hinterausgang. »Steve Franklin hat versprochen, mir einen Ersatzschläger mitzubringen. Meinen hab ich heute früh daheim liegen lassen.«

»Wohin gehst du wirklich?«, rief Cindy mir nach. »Warum sagst du mir nicht die Wahrheit?«

»Das ist die Wahrheit!«, rief ich und trabte aus dem Schulgebäude über den Pausenhof zu den Tennisplätzen. Von dort drang das *Tock, Tock, Tock* von Bällen auf Schlägern herüber. Die Jungs vom Team waren also schon beim Aufwärmen.

Ich suchte die Courts nach Steve Franklin ab. Er hatte einen Eimer mit Bällen neben sich stehen und übte seinen Aufschlag.

Ich wollte gerade zu ihm rüberlaufen, um mir das versprochene Racket abzuholen, als Trainer Melvin sich mir in den Weg stellte. »Ross, du kommst zehn Minuten zu spät. Du musst schon pünktlich sein. Jetzt hast du die ganze Aufwärmphase versäumt.«

»Sorry, Trainer«, sagte ich. »Aber ich … äh … ich hatte ganz schlimmes Nasenbluten.«

Er beäugte meine Nase. »Und jetzt geht's wieder?«

Ich nickte.

»Also, dann geh dich warm machen. Üb deinen Aufschlag, ja? Nimm den Platz neben Steve.«

Ich schnappte mir einen Korb mit Bällen und zockelte zu Steve. Er unterbrach sein Aufschlagtraining und warf mir einen alten Schläger von sich zu. »Was gibt's Neues, Ross?«, fragte er.

Ich zog ein paar Mal durch, um ein Gefühl für das Racket zu bekommen.

»Ich überlege, das Team zu verlassen«, scherzte ich. »Vielleicht werde ich Profi.«

Steve lachte. »Ja, ich auch.«

»Nicht übel, das Racket«, sagte ich und ließ den Schläger in der Hand kreisen. »Nicht spitze, aber auch keine Gurke.«

»Magst du dieses Wochenende zu mir kommen und ein bisschen trainieren?«, fragte Steve. »Mein Dad hat bei uns im Hof einen neuen Platz angelegt.«

»Cool«, sagte ich. Ich schleppte den Balleimer zum Nachbarcourt und begann meinen Aufschlag zu üben. Die ersten drei gingen ins Netz.

Ich drehte mich um und sah, wie Trainer Melvin nebenan die Stirn in Falten legte.

»Ich teste bloß den Schläger«, rief ich ihm zu.

Ich schlug weiter auf. Mein Arm fühlte sich steif an, denn ich hatte eine Weile lang nicht trainiert. Überall auf den Courts donnerten Jungs Bälle übers Netz. Plötzlich kam hinter einer hohen Wolke die Nachmittagssonne zum Vorschein. Das helle Licht überflutete mich.

Ich legte schützend die Hand über die Augen – und da sah ich ihn.

Ich blinzelte in das grelle Sonnenlicht und sah den Jungen. Mich! Meinen Zwilling! Er spielte sechs oder sieben Plätze weiter unten, am anderen Ende der Anlage.

Er übte Volleys mit Jared Harris und er trug die gleichen weißen Tennisklamotten wie ich. Seine dunklen Haare flogen hoch, als er zum Netz rannte.

Er sah genauso aus wie ich!

Der Schläger glitt mir aus der Hand und hüpfte vor mir auf.

»Hey!«, rief ich und winkte wie verrückt.

Er hörte mich nicht. Er retournierte einen Service von Jared und rannte dann zur Ecke, um Jareds Schlag zu parieren.

»Hey – du!«, schrie ich. »Warte!«

Mein Herz hämmerte. Angestrengt kniff ich die Augen zusammen und versuchte, das grelle Sonnenlicht abzublocken. Ich wollte sichergehen, dass ich keine Gespenster sah.

Nein. Das war ich.

Eine exakte Kopie von mir stand dort auf diesem Court.

Und plötzlich drehte der Junge sich um – und sah mich.

Ich bemerkte, wie seine Augen sich weiteten. Ich beobachtete, wie sich sein Gesichtsausdruck veränderte. Er erkannte mich wieder.

Einen langen Moment starrten wir uns über die Tennisplätze hinweg an.

Und dann formten seine Lippen die Worte … die gleichen Worte wie unter Wasser in Mikes Pool: *Geh weg.*

Selbst aus der großen Entfernung konnte ich seinen wütenden Gesichtsausdruck sehen. Kalt … Sein Blick war eiskalt.

»GEH WEG!«, wiederholte er.

»Nein!«, schrie ich. »Nein!«

Ich rannte los, rufend und wild winkend.

Doch schon nach zwei Schritten stolperte ich über den Schläger, den ich fallen gelassen hatte.

Das Racket rutschte unter meinen Füßen weg und ich landete bäuchlings auf dem Asphalt.

»Auuu!«

Ich ignorierte den Schmerz und rappelte mich hoch, taumelte weiter und blieb stehen.

Der Junge – mein Zwilling – war weg. Wieder verschwunden.

Ich blinzelte in das Licht. Jared stand mit dem Rücken zu mir. Er hatte sich vornüber gebeugt und zog gerade ein weißes Stirnband aus seiner Sporttasche.

Er hatte die ganze Sache nicht mitgekriegt!

Endlich drehte Jared sich um. »Hey, Ross«, rief er. »Willst du jetzt spielen oder nicht?«

Ich rannte zu ihm. »D-das war nicht ich«, stotterte ich.

Er musterte mich argwöhnisch. »Bitte? Ich dachte, wir würden ein Trainingsmatch spielen.«

»Das war nicht ich«, wiederholte ich zitternd.

Die Jungs auf dem Platz nebenan hatten ihr Spiel unterbrochen. Jetzt starrten sie mich an.

Ich sah, wie Trainer Melvin vom anderen Ende der Courts angewetzt kam.

»Dieser Junge –«, sagte ich zu Jared. »Hat er dir seinen Namen verraten oder sonst irgendwas?«

Jared lachte. »Den Witz kapier ich nicht, Ross.«

»Das – das war nicht ich!«, kreischte ich.

Jared schüttelte den Kopf. »Na ja, er sah aus wie du, er redete wie du und er klang genau wie du. Und er spielte wie du. Also …«

»Was hast du für ein Problem, Ross?« Trainer Melvin eilte zu uns und blickte mich streng an. »Was ist hier los?«

»Äh … nichts«, sagte ich. »Wirklich. Nichts.«

Ich fühlte mich benommen. Irgendwie schwindlig.

Das grelle Sonnenlicht wurde heller … weiß … strahlend weiß. Es schoss mir in die Augen.

Was geht hier vor?, wunderte ich mich.

Und *wer* ist dieser Junge?

12

»Hallo, Sharma!« Ich sah sie auf der Treppe vor der Schule und lief zu ihr rüber. »Machst du Überstunden?«

Sie nickte. »Ich hab einen Test in Gemeinschaftskunde nachgeschrieben. Lief gar nicht so schlecht.«

»Das heißt, du hast 'ne Bomben-Eins fabriziert«, sagte ich. Sharma ist ein Superhirn, aber sie mag es nicht, wenn man darüber spricht. Für sie ist alles unter einer Zwei eine schlechte Note!

»Gehst du jetzt nach Hause?«, fragte ich. »Darf ich dich begleiten?«

Sie nickte wieder. Dann zupfte sie einen Käfer oder so etwas von meinem Tennis-Shirt. »Wie war dein Training?«

»Total abgefahren«, sagte ich. Als wir uns auf den Heimweg machten, beschloss ich, ihr die ganze Geschichte zu erzählen. Bei irgendwem musste ich es loswerden!

»Dieser Junge ist mein exakter Zwilling«, erklärte ich ihr. »Aber er verschwindet immer, bevor ich mit ihm reden kann. Heute war er beim Tennistraining und spielte mit Jared. Aber das war nicht meine erste Begegnung mit ihm. Das erste Mal sah ich ihn bei Mikes Poolparty am Freitagabend. Er schwamm direkt auf mich zu!«

Sharma lachte. »Du erfindest echt die bescheuertsten Geschichten.«

»Nein, ich meine das ernst!«, beteuerte ich. »Er ist das exakte Spiegelbild von mir. Er trägt sogar die gleichen Klamotten wie ich.«

»Jetzt mach mal halblang«, sagte Sharma. »Du solltest Schriftsteller werden, Ross. Bei deiner blühenden Phantasie.«

»Aber das ist nicht erfunden«, knurrte ich. »Warum glaubt mir denn niemand?«

»Weil es verrückt ist?«, schlug Sharma vor.

An einer Straßenecke blieben wir stehen. »Ich sage die Wahrheit«, beschwor ich Sharma. »Ich hab diesen Jungen zwei Mal gesehen. Und er war ich. Wirklich.«

Sharma sah mich misstrauisch an. »Glaubst du an Geister?«

»Geister? Nein«, sagte ich. »Wieso?«

»Na ja, ich hab einen Fernsehfilm gesehen über eine junge Frau, die ständig ihrer Zwillingsschwester begegnete. Und der Zwilling entpuppte sich als ihr Geist. Er kehrte aus der Zukunft zurück, weil er sich selbst gehören und sein eigenes Leben führen wollte.«

»Das ergibt doch überhaupt keinen Sinn«, murmelte ich.

»Ich weiß«, sagte Sharma. »Aber vielleicht ist der Junge, den du andauernd ansiehst, dein Geist.«

»Aber muss ich nicht erst sterben, um einen Geist zu haben?«, fragte ich.

Der Verkehr übertönte Sharmas Antwort. Autos brausten über die Kreuzung. Die Nachmittagssonne versank allmählich hinter den Hügeln. Menschen hasteten von der Arbeit nach Hause.

Die Ampel schaltete um auf Grün. Ich lief los.

»Hey – halt!« Sharma zog mich zurück. »Wo willst du hin?«

»Aber die Ampel –«, protestierte ich.

»Du bist so mit dem Erfinden unsichtbarer Zwillinge beschäftigt, dass du nicht mehr weißt, was du tust!«, sagte Sharma.

»Er ist nicht unsichtbar«, erklärte ich ihr.

Die Ampel sprang auf Rot. Sharma zog mich auf die Fahrbahn. »Jetzt dürfen wir gehen.«

»Was? Du wirst uns noch beide umbringen!«, rief ich.

Ich riss mich los und stolperte über den Bordstein. Sharma lachte, als ich der Länge nach rücklings ins Gras fiel. »Was hast du für ein Problem, Ross? Spinnst du jetzt völlig?«

Ich stand auf und klopfte mir die Jeans hinten ab.

»Sorry«, sagte ich. »Aber du wolltest bei Rot über die Straße und –«

Ich merkte, dass sie mir über die Schulter guckte und gar nicht zuhörte. Sie winkte Cindy, die uns entgegen kam.

Ich blickte nach unten – und schrie überrascht auf.

Dort, wo ich hingefallen war, hatte sich das Gras braun gefärbt. Man konnte die Umrisse meiner Schultern, des Rückens und eines Arms erkennen.

Das Gras entlang des Bordsteins war überall grün – bis auf die Stelle, wo mein Körper es berührt hatte.

Und dann begann der braune Fleck vor meinen entsetzten Augen zu knistern, als stünde er in Flammen. Schwarzer Rauch stieg auf.

Das Gras verbrannte, bis von meinem Abdruck nur noch nackte Erde übrig war.

»Wow«, murmelte ich. »Das ist ja irre! Sharma – guck dir das mal an.«

Als ich hochschaute, sah ich Sharma weggehen. »Bis später, Ross.« Sie winkte mir kurz zu. »Ich muss was mit Cindy bereden.«

»Warte, Sharma! Komm zurück!«, rief ich.

»Wir gehen morgen zusammen heim, Ross. Hey, warum lädst du nicht deinen Geist ein? Dann können wir gleich als Gruppe nach Hause gehen!« Sie lachte, während sie die Straße zu Cindy runterlief.

»Sharma! Hey – Sharma!«, rief ich ihr hinterher, aber sie lief weder langsamer noch drehte sie sich um.

Ich starrte wieder auf das Gras. »Was wird hier gespielt?«, murmelte ich. Ich wartete, bis der Verkehr zum Stehen kam. Dann rannte ich über die Straße und immer weiter, bis ich zu Hause war.

Die Gärtner packten gerade zusammen und beluden ihren Laster. Ich wetzte durch den Rasensprenkler im Vorgarten. Das kalte Wasser fühlte sich toll an!

Zu meinem Erstaunen wartete Mom an der Vordertür auf mich. »Was gibt's denn?«, rief ich.

»Gar nichts«, antwortete sie. »Eben hat dein Karatetrainer angerufen. Er sagte –«

»Mein *was*?«, unterbrach ich sie.

»Mr. Lawrence sagte, er käme früher. Gleich nach dem Abendessen. Wenn du also noch Hausaufgaben zu erledigen hast …«

»Aber – aber – aber –«, stotterte ich. »Ich nehme doch gar keinen Karateunterricht, Mom!«

Ihr klappte der Mund auf. Sie kniff die Augen zusammen und sah mich an. »Seit deinem siebten Lebensjahr«, sagte sie.

Mir lief ein kalter Schauer über den Rücken.

Aber wie konnte sie das behaupten?

Meine Karatekenntnisse beschränkten sich allein auf Nintendospiele!

»Steh nicht rum, Ross. Komm rein«, sagte Mom. »Wie war dein Tennistraining?«

»Verrückt«, antwortete ich. Ich öffnete den Mund, um ihr zu erzählen, dass ich wieder meinen Zwilling gesehen hatte. Aber ich hielt mich zurück. Mom würde nur annehmen, dass ich ihr eine Geschichte auftischte.

»Warum war das Training verrückt?«, fragte sie.

»Nun ... ich hab zur Abwechslung bombig gespielt. Niemand kam an meinen Aufschlag ran. Trainer Melvin meinte, ich würde dieses Jahr zum Star unserer Mannschaft werden.«

»Das ist ja prima«, sagte Mom und drückte mich. »Wir essen heute zeitig zu Abend, weil deine Karatestunde früher ist. Du kannst dich schon mal bei mir bedanken. Ich hab dein Lieblingsessen gekocht.«

»Mein Lieblingsessen?«

»Ja. Rosenkohl. Jake wird ihn nicht mögen. Aber ich weiß, du liebst ihn.«

Wie? Rosenkohl? Ich HASSE Rosenkohl! Schon bei dem Gedanken daran möchte ich mich am liebsten übergeben!

»Mom?«, rief ich matt. »Was geht hier vor?«

13

Mom hörte meine Frage nicht. Das Telefon läutete und sie beeilte sich, den Hörer abzunehmen.

Ich wollte fragen, wo Jake steckte, aber dann fiel mir ein, dass er ja montags Gitarrenunterricht hat. Amelia, unsere Haushälterin, bringt ihn immer zur Abendessenszeit nach Hause.

Ich ging auf mein Zimmer, um die weißen Tennisklamotten auszuziehen. Ich öffnete den Kleiderschrank – und erschrak heftig.

Da hing ein weißer Karateanzug am Türhaken!

Wie kommt der denn dahin?, wunderte ich mich.

Ich trat einen Schritt zurück und sah mich rasch im Zimmer um. Hatte sich sonst noch etwas verändert? Hatte ich noch andere Hobbys, an die ich mich nicht erinnerte? Mein Blick wanderte über meine Poster von Jimi Hendrix, meine signierten Basebälle, meine Schneekugelsammlung und meinen Plüschleoparden von damals, als ich vier war.

Alles war da. Alles war gleich.

Bis auf diesen weißen Anzug im Schrank.

Und den säuerlichen Rosenkohlduft, der aus der Küche nach oben strömte. Wie konnte Mom vergessen, wie sehr ich Rosenkohl hasste?

Ich schlüpfte in eine saubere Skaterjeans. Als ich ein schwarzes T-Shirt aus der Kommode nahm, fuhr mir ein stechender Schmerz durch die Stirn.

»Oooh«, keuchte ich. Das Shirt glitt mir aus den Händen.

Ich fasste mir an den Kopf, als ich den Schmerz erneut spürte. Ich sah ein grellweißes Licht, hell wie ein Blitzstrahl, und presste beide Hände fest gegen die Schläfen.

»Oooh … was geschieht mit mir?«

Ein scharfer Schmerz nach dem anderen bohrte sich in meinen Kopf. Ich hatte das Gefühl, als würde jemand mit einem Messer nach mir stechen.

Von Schmerz gepeinigt und von den weißen Lichtblitzen geblendet, fiel ich auf die Knie.

»Uuoah …«

Und dann hörte es auf.

Ich blinzelte ein paar Mal. Den Kopf noch in den Händen, wartete ich, dass der Schmerz zurückkehrte.

Aber ich fühlte mich wieder normal. Ich öffnete die Augen und konnte klar sehen.

Kopfschüttelnd rappelte ich mich hoch. Was war das gewesen? Solche Kopfschmerzen hatte ich noch nie gehabt.

Ich blickte aus dem Fenster, atmete langsam und versuchte einen klaren Kopf zu bekommen, als Mom mich nach unten rief. »Ross, geh mir bitte eben zur Hand.«

Ich streifte mir das T-Shirt über und strich das Haar nach hinten. Noch immer zittrig, ging ich die Treppe runter, wo Mom mich schon erwartete.

»Ich hatte gerade tierische Kopfschmerzen«, stöhnte ich.

Sie verdrehte die Augen. »Ross, wieso hast du ausgerechnet immer dann Kopfschmerzen, wenn ich dich um einen Gefallen bitte?«

»Es stimmt aber. Ehrlich!«, beteuerte ich. »Doch jetzt geht's mir wieder gut. Also, was soll ich tun?«

»Die Milch ist sauer geworden«, sagte sie und hielt sich die Nase zu. »Ich möchte, dass du schnell zum Laden gehst und eine neue Tüte kaufst.«

Ich schaute verwundert. »Was? *Laufen?* Wir sind hier in Beverly Hills, Mom. Die Leute gehen hier nicht zu Fuß einkaufen. Das wäre ein Unding. Warum fährst du nicht?«

»Das geht jetzt nicht«, sagte sie. »Ich warte auf einen Anruf von deinem Dad. Er ist so beschäftigt mit den Dreharbeiten, dass ich schon seit drei Tagen nicht mehr mit ihm gesprochen habe.«

»Aber er kann dich doch im Auto anrufen«, widersprach ich. »Es sind fast vier Blocks bis zum Laden und –«

»Ross, geh einfach«, sagte Mom und stopfte mir einen Zwanzigdollarschein in die Tasche meines T-Shirts.

Normalerweise würde ich jetzt mit einer großartigen Ausrede daherkommen wie: »So weit kann ich nicht laufen. Ich hab mir den Knöchel beim Tennistraining verstaucht. Und Trainer Melvin hat gesagt, ich soll die ganze Woche nicht mit dem Fuß auftreten.«

Aber ich beschloss, dass es ganz gut wäre, aus dem Haus rauszukommen. So hatte ich Zeit, um über all die verrückten Dinge nachzudenken, die passiert waren.

»Bin in ein paar Minuten zurück«, sagte ich und marschierte los.

Ich war ungefähr zwei Straßen weit gelaufen – die halbe Strecke bis zum Laden –, als ich meinen Zwilling sah. Er war einen halben Block vor mir und lief flott.

Genau wie ich trug er weite Skaterjeans und ein schwarzes T-Shirt. Er hörte Walkman, schnippte mit den Fingern und wippte im Takt der Musik.

Ich blieb erschrocken stehen. Mein Herz begann wild zu pochen.

»Diesmal entkommst du mir nicht!«, sagte ich laut.

Ich lief los, rannte volle Kanne, um ihn einzuholen. Er hatte die Musik laut aufgedreht und deshalb hörte er mich nicht.

Du entkommst mir nicht. Du entkommst mir nicht. Immer wieder sagte ich mir das.

Als ich ihn eingeholt hatte, streckte ich die Arme vor.

Ich packte ihn an den Schultern. Er war aus Fleisch und Blut!

Ich griff von hinten nach ihm. Drehte ihn um.

Und keuchte erschrocken.

Das war nicht er! Das war nicht mein Zwilling!

Sondern ein anderer Junge, ein Fremder.

Aus dunklen Augen sah er mich verblüfft an und ihm klappte die Kinnlade runter.

Meine Hand lag noch immer auf seiner Schulter. Ich war zu verdutzt, um mich zu rühren.

Und dann fühlte ich, wie die Schulter sich unter meiner Hand bewegte. Sie begann zu zappeln … dann zu schrumpfen … wegzuschmelzen.

Ich schrie vor Schreck auf und riss die Hand weg.

Entsetzt starrte ich auf die Schulter des Jungen, die unter dem Ärmel seines schwarzen T-Shirts immer weiter schrumpfte. Und seine Hand … seine zur Faust geballte Hand … sie wurde kleiner … zerlief … wurde eins mit dem Handgelenk.

Und dann begann sich der Arm wie eine fette Schlange zu winden. Als hätte er keine Knochen … Nicht länger ein menschlicher Arm, wand und bog er sich und streckte sich nach mir wie eine Ranke.

»Du … du … du …«, krächzte der Junge mit halb erstickter Stimme.

»Was?«, keuchte ich und trat einen Schritt zurück, um der sich windenden Ranke von einem Arm zu entkommen.

Der Junge gab einen gurgelnden Laut von sich, riss sich den Kopfhörer herunter und schwankte auf mich zu.

Ich hielt mir den Mund zu, um nicht loszuschreien, als sich sein Gesicht zu verändern begann.

Die Haut löste sich. Die Haare fielen ihm in dicken Büscheln aus.

Er sah aus wie ein Monster. Die dunklen Augen starrten mich aus feuchten Höhlen an.

»Der Schmerz. Es tut weh«, stöhnte er.

Sein ganzes Gesicht zitterte und vibrierte.

Ich taumelte zurück. »Was – was hast du denn?«, stammelte ich und hob abwehrend die Hände, um mich vor dem grässlichen Anblick seines Gesichts zu schützen und vor dem Arm, der sich wie eine farblose Schlange ringelte.

Er warf den Kopf nach hinten und stieß ein schrilles Geheul aus.

Dann drehte er sich hastig weg – rannte jaulend davon und schrie dabei aus Leibeskräften: »Hilfe! Hilfe!«

Ich hielt mir den Bauch. Mir war übel.

Was war eben los?, fragte ich mich verwundert und presste meine Arme fest an meinen Körper, damit das Zittern endlich aufhörte.

Ich schüttelte den Kopf, um wieder klar zu denken.

Doch den Anblick dieses Jungen konnte ich nicht aus meiner Erinnerung löschen. Die Haut, die sich löste, das Haar, das ihm ausfiel.

»Ich muss hier weg!«, rief ich. Doch gerade als ich loslaufen wollte, zuckte abermals ein stechender Schmerz durch meinen Kopf.

Er brennt, dachte ich. Mein Kopf steht in Flammen! Schmerzwellen durchzuckten mich. Ich schrie auf und umfasste meinen Kopf mit beiden Händen. Ich schloss die Augen und drückte die Hände fester an meinen pochenden Schädel.

Wieder hörte der Schmerz so plötzlich auf, wie er gekommen war.

Ich schüttelte heftig den Kopf. Vor mir sah ich den kleinen Lebensmittelladen. Da drin ist es sicher kühl, dachte ich.

Und normal.

Bitte, flehte ich leise, lass alles wieder normal sein.

Der Laden war beinahe leer. Zwei Jugendliche diskutierten an der Kasse am Eingang über Schokoriegel. Der eine versuchte seinen Freund zu überreden, Yogurette zu kaufen. Der erwiderte jedoch, nur Mädchen würden Yogurette kaufen. Er bestand auf Mars.

Ich nahm eine Milchtüte aus dem Regal und trug sie zu der Frau hinter der Kasse. »Ist das alles?«, fragte sie.

Ich nickte. »Ja. Nur die Milch.«

Ich schob die Tüte über die Theke.

Und fühlte, wie der Karton sich in meiner Hand auflöste.

Die Milch lief aus, dampfend und mit lautem Zischen.

»Aaah!«, stöhnte ich, als sich die zischende Milch in dicken Klumpen über die Theke ergoss. Brodelnd ... dampfend ... sich weiß-gelb färbend.

Ein widerlicher, saurer Gestank stieg aus den gelben Klumpen.

Die schockierte Frau starrte auf die dampfende Lache. Dann richtete sie ihre angstvoll aufgerissenen Augen auf mich und schrie: »RAUS HIER! VERSCHWINDE! MACH, DASS DU RAUSKOMMST!«

»E-entschuldigung!«, stammelte ich. Von dem ekelhaften Gestank drehte es mir fast den Magen um. Ich würgte, wandte mich von der Theke ab und stolperte ins Freie.

Benommen und schwindlig sank ich auf den Gehsteig. Da sah ich die zwei Jungs aus dem Laden. Sie hielten Schokoriegel in der Hand und gafften mich von der Tür aus an.

»Hey –!«, rief ich ihnen zu. Mit zitternden Beinen, am ganzen Leib bebend, ging ich auf sie zu. »Was ist da eben passiert?«, fragte ich. »Habt ihr gesehen –?«

»Fass uns nicht an!«, kreischte einer von ihnen.

Sie hoben abwehrend die Hände, als müssten sie sich vor mir schützen.

»Bleib weg! Berühr uns nicht!«

»Aber – aber –«, stotterte ich. »Was habt ihr? Was ist los?«

GRUSELFIEBER 15

Die beiden Jungs flohen Hals über Kopf. Einer von ihnen ließ seinen Schokoriegel fallen. Er blieb nicht stehen, um ihn aufzuheben.

Ich rannte den ganzen Weg heim. Als ich ins Haus stürmte, japste ich nach Luft und der Schweiß lief mir übers Gesicht.

»Mom? Wo bist du? Mom?«

»Im Esszimmer«, rief sie. »Jake und ich haben ohne dich mit dem Essen angefangen.«

Ich schlurfte ins Esszimmer. Mom und Jake saßen am Ende des langen Tischs. Jake sperrte den Mund weit auf und ließ mich auf einen ekelhaften, zerkauten Klumpen Spagetti schauen.

Rasch ging ich zu Moms Stuhl. »Ich – ich muss mit dir reden«, sagte ich.

»Setz dich«, erwiderte Mom streng. »Warum hast du so lange gebraucht? Mr. Lawrence kommt jeden Moment.«

»Hör mir doch mal zu!«, kreischte ich. »Hier geschieht irgendetwas Seltsames ...«

»Dein Gesicht ist seltsam!«, krähte Jake und prustete vor Lachen über seinen dämlichen Witz los.

»Wenigstens ist mein Spitzname nicht Rattenkopf!«, schoss ich zurück. »Hey, Rattenkopf! Was geht ab, Rattenkopf?«

»Ich bin kein Rattenkopf! Du bist eine Ratte! Eine ganz fette!«, quietschte Jake. »Geh etwas Käse fressen, du Ratte!«

»Ruhe! Hört sofort auf damit!«, schrie Mom und blickte mich an. »Wo ist die Milch?«

»Das versuch ich dir ja zu sagen«, keuchte ich. »Ich konnte keine –«

»Du bist ohne Milch heimgekommen?«, seufzte Mom. »Setz dich, Ross.« Sie schob mich zu meinem Platz. »Sag nichts. Versuch noch etwas zu essen, ehe dein Unterricht anfängt.«

»Aber – ich –«

»Halt den Mund! Iss einfach!« Sie häufte mir einen Berg Spagetti auf den Teller und gab noch eine Tonne Rosenkohl darüber.

Bääh.

Schon bei dem Geruch rebellierte mein Magen.

Mom beugte sich über den Tisch und musterte mich. »Na los. Probier den Rosenkohl. Ich weiß, du liebst ihn.«

»Wir müssen reden –«, begann ich. »Weißt du, ich mag nämlich keinen Rosenkohl Was ich dir sagen will –«

Sie schüttelte den Kopf. »Sei still. Kein Wort mehr. Ich habe so viele von deinen verrückten Geschichten gehört, dass es mir bis an mein Lebensende reicht. Iss einfach.«

Mir blieb keine Wahl. Ich spießte eines der ekligen, glibberigen Bällchen mit der Gabel auf und führte es langsam zum Mund.

Mir war übel, mein Magen krampfte sich zusammen.

Ich fing an zu würgen.

Mom fixierte mich über den Tisch hinweg.

Ich hielt die Luft an und schob mir den Rosenkohl in den Mund. Er war so glibberig, so glitschig und bitter …

Ich schluckte ihn im Ganzen runter.

Mom lehnte sich auf ihrem Stuhl zurück. »Gut?«

Ich konnte nicht antworten. Tapfer bemühte ich mich, das Essen bei mir zu behalten.

Da läutete es an der Tür. Ich sah Amelia, unsere Haushälterin, eilig zur Tür laufen.

»Das ist Mr. Lawrence«, sagte Mom. »Beeil dich, Ross. Geh deinen Karateanzug anziehen. Dein Essen wird warten müssen. Wir halten es dir warm.«

Ich kippte ein Glas Apfelsaft runter, um den Rosenkohlgeschmack im Mund loszuwerden. »Äh … vielleicht sollte ich die heutige Stunde ausfallen lassen«, sagte ich. »Ich hab so viele Hausaufgaben auf und –«

»Mr. Lawrence ist den ganzen Weg von Burbank hergefahren«, wehrte Mom ab. »Geh hoch und zieh dich um. Was ist denn bloß heute Abend mit dir los?«

Das wüsste ich auch gerne!, dachte ich, während ich auf mein Zimmer flitzte.

Was war denn bloß heute Abend mit mir los?

Ich starrte auf den weißen Dress, der an der Schranktür hing. Wie war das noch mit dem Gürtel?, überlegte ich. Wird der Kragen rauf- oder runtergeklappt?

Wie soll ich mich bloß durch diese Lektion mogeln?«, grübelte ich. Keine Chance. Ich weiß null über Karate. Und diesen Mr. Lawrence habe ich noch nie im Leben gesehen.

Warum behauptete Mom, ich hätte Unterricht, seit ich sieben war?

Wie kann sie so durcheinander sein?

Ich schlüpfte in den Anzug und band mit zittrigen Händen den Gürtel.

Mir war klar, dieser Kerl von einem Karatelehrer konnte mich umbringen.

Das stehe ich nicht durch. Ich muss absagen.

Von unten hörte ich Stimmen. Sie kamen aus Dads Fitnessraum hinten im Haus. Da drin hat er einen Stepper, eine Hantelbank und ein Laufband stehen.

Beim Betreten des Fitnessraums war ich überrascht, in der Mitte des Zimmers eine stoffbezogene Bodenmatte liegen zu sehen. Jake war auf der Matte und alberte mit einem bulligen, kahlen, rotgesichtigen Mann in einem weißen Anzug herum. Offensichtlich Mr. Lawrence.

Der Karatelehrer ließ sich von Jake über dessen zarte Schulter werfen. Jake lachte, als Mr. Lawrence durch die Luft segelte und mit einem lautem Plumps auf dem Rücken landete.

»Du hast bestimmt nicht gewusst, dass du so stark bist, stimmt's?«, fragte Mr. Lawrence meinen Bruder.

»Ich bin stärker als Ross!«, prahlte Jake. Er spannte beide Arme an, um seine winzigen, erbsengroßen Muskeln zu präsentieren.

Mr. Lawrence sprang elegant auf die Füße und wandte sich mir zu. »Hi, Ross. Na, alles klar bei dir?«, fragte er und verbeugte sich in meine Richtung.

Ich erwiderte die Verbeugung. »Äh … ich glaube, ich kann heute Abend nicht trainieren«, begann ich. »Sehen Sie, ich hatte so fürchterliche Kopfschmerzen –«

»Verspannungen«, erklärte Mr. Lawrence. »Diese Lektion sollte dem abhelfen.«

»Nein. Wirklich«, beharrte ich. »Vielleicht … äh … würde Jake gern heute Abend trainieren. Ich kann nicht –«

Er hörte mir überhaupt nicht zu. »So, dann wollen wir mal wiederholen, was wir letzte Stunde geübt haben, okay?«

Mit angespannten Muskeln, die Hände fest in die Hüften gestemmt, stand er mir gegenüber. Er blickte konzentriert geradeaus. Sein runder, kahler Kopf glänzte im Schein der Deckenlampe.

Worauf wartet er denn?, wunderte ich mich. Was hat er vor?

Die Antwort ließ nicht lange auf sich warten.

Mit einem Grunzen stieß er sich vom Boden ab. Flog von der Matte hoch. Zog beide Beine in die Waagrechte und landete einen wuchtigen Kick in meine Magengrube.

»Oooooh!«, stöhnte ich vor Schmerzen.

Und klappte wie ein Taschenmesser zusammen. Ooh, tat das weh … das schmerzte … ich bekam keine Luft …

Ich fühlte, wie sich mir der Magen zusammenkrampfte.

Die Hände über meinen schmerzenden Magen haltend, fiel ich keuchend zu Boden.

Mr. Lawrence beugte sich über mich. »Was ist passiert?« Er kniete sich neben mich, seinen schweren Arm auf meiner Schulter. »Ross, du hast dich doch schon hundertmal gegen diesen Angriff verteidigt. Warum hast du dich keinen Millimeter bewegt?«

»Äh …« Ich konnte nicht sprechen. Mein Atem ging rasselnd.

Irgendwie gelang es mir aufzustehen. Mein Magen schmerzte. Ich hatte das Gefühl, als müsste ich mich übergeben.

»Ross, bist du okay? Warum hast du dich denn nicht verteidigt?«, fragte Mr. Lawrence.

Ich drehte mich weg. Vornübergebeugt lief ich los. Raus aus dem Fitnessraum, den Flur hinunter.

»Ross, komm zurück!«, rief Mr. Lawrence mir nach.

Ich hatte fast die Treppe erreicht, als eine Gestalt hervorsprang und sich mir in den Weg stellte.

Mein Zwilling.

»Du –?«, keuchte ich verblüfft.

Er sah mich wütend an und packte mich am Arm. »Ich komm zu spät – und du versuchst, mein Leben an dich zu reißen! Das funktioniert nicht, Rosssss«, zischte er. »Gib mir den Anzug – und dann verpiss dich!«

»Aber –«, stöhnte ich schwach.

»Verschwinde! Geh weg!«, flüsterte er durch die Zähne. »Ich habe dich gewarnt! Du gehörst nicht hierher!«

16

Verärgert drückte ich seine Hand weg. »Lass mich los!«

»Geh weg, Rossss!«, zischte er. »Du gehörst nicht hierher.«

»Aber – das ist mein Haus!«, rief ich. »Wer bist du? Was machst du hier?«

Er hob den Finger an die Lippen und blickte nervös den Flur entlang. »Nicht so laut. Erklären kann ich's nicht, aber eines versuche ich dir klar zu machen – du bist in Gefahr. Sag kein Wort. Und fass nichts an. Gib mir einfach den Anzug und zisch ab! Schnell!«

»Ich werde nicht gehen!«, beharrte ich. »Ich werde Mom alles erzählen und ihr erklären, dass du nicht ich bist!«

»Sie ist *meine* Mom!«, behauptete mein Zwilling. »Los, bitte! Geh! Verschwinde einfach!«

»Von wegen!«, sagte ich.

Ich hörte Stimmen aus dem Fitnessraum, Schritte auf dem Gang.

»Lauf die Treppe hoch!«, flüsterte mein Zwilling verzweifelt. Er griff nach dem Anzug und zerrte ihn mir vom Leib. Dann schob er mich zur Treppe.

»Was wird hier gespielt?«, wollte ich wissen. »Wer bist du? Warum siehst du so aus wie ich?«

»Das kann ich jetzt nicht erklären. Lauf hoch in mein Zimmer – hopp!«

»Das ist *mein* Zimmer!«, protestierte ich.

»Lauf nach oben, ehe sie dich sehen!«, befahl er.

»Aber ich muss mit Mom reden!«, erwiderte ich.

»Auf keinen Fall.« Er drehte mir den Arm auf den Rücken.

»Autsch.«

Er ist echt, schoss es mir durch den Kopf. Er ist ein Mensch. Kein Geist. Ein Geist könnte mich nicht schubsen oder mir den Arm auf den Rücken drehen.

Im Fesselgriff zwang er mich die Treppe hoch und in mein Zimmer. »Du kannst doch nicht –«, wollte ich mich beschweren, aber da stieß er mich schon ins Zimmer.

»Ich komme nach dem Unterricht wieder. Dann werde ich dir alles erklären«, japste er. »Versuch nicht, zu türmen. Und fass ja nichts an. Ich warne dich.«

Dann rannte er zurück in den Flur und machte die Zimmertür hinter sich zu.

»Nein! Warte!«, rief ich.

Ich packte die Klinke und wollte die Tür aufziehen. Doch da hörte ich, wie draußen der Schlüssel herumgedreht wurde.

Er hatte mich eingesperrt.

»Hey – komm zurück!«, schrie ich und donnerte mit den Fäusten gegen die Tür. »Mach mal halblang! Lass mich hier raus!«

Ich trommelte so lange gegen das Holz, bis mir die Fäuste schmerzten. Draußen war es still.

Mit einem Seufzer schlich ich von der Tür weg. Ich bin ein Gefangener, wurde mir klar. Ein Gefangener in meinem eigenen Zimmer.

Aber war dies auch mein Zimmer?

Ich sah mich hastig um. Mein Blick wanderte über all die vertrauten Dinge. Meine Jimi Hendrix-Poster … meine Schneekugelsammlung … meine Sachen.

Ja, es war mein Zimmer. Mein Zimmer bei mir zu Hause.

Aber wieso erscheint dann alles richtig und zugleich falsch?

Ich erinnerte mich, wie ich hingefallen war und danach das Gras gebrannt hatte.

Mir fiel der Junge auf der Straße ein. Ich hatte ihn an der Schulter gepackt und sein Arm hatte sich verformt, bis er sich wie eine Schlange wand und ringelte. Und sein Gesicht …

An dieses Gesicht mochte ich nicht denken.

Und dann die Milch in dem Laden. Ich hielt die Tüte

in der Hand … und sie platzte irgendwie! Und zu guter Letzt schrien alle auf mich ein.

Was war hier los?

War ich es, der diese Dinge bewirkte?

Warum? Wie war das nur möglich?

Mit pochendem Herzen tigerte ich im Zimmer auf und ab. Nervös ballte ich die Fäuste. Beim Fenster blieb ich stehen und spähte hinaus.

Es war eine warme, klare Nacht. Die Sterne leuchteten am violetten Himmel. Der Olivenbaum unterm Fenster schimmerte in der sanften Brise, als wollte er mich einladen. Einladen, nach draußen zu klettern und an seinem Stamm hinabzurutschen.

Ja!

Ich haue ab, entschied ich. Und dann laufe ich ins Haus zurück und suche Mom. Ich werde ihr den anderen Ross zeigen und ihr sagen, dass er ein Betrüger ist, ein totaler Bluffer. Ich werde sie schon dazu kriegen, mir zu glauben. Und dann erzähle ich ihr von den anderen verrückten Dingen, die passiert sind. Es muss doch eine logische Erklärung für das alles geben. Sobald Mom den anderen Ross sieht, wird sie wissen, dass ich nicht lüge. Sie wird mir helfen herauszufinden, was hier vor sich geht.

Meine Hände zitterten, als ich nach dem Fenster langte. Ich schob das Glas ganz nach oben. Schwülwarme Luft strömte ins Zimmer. Sie roch süß und frisch.

Ich schwang ein Bein über den Sims und hockte mich rittlings auf die Fensterbank.

Jetzt kam der tückische Part. Der nächste Ast war

etwa einen halben Meter unter dem Fenster. Ich musste erst vorsichtig einen Fuß draufsetzen, dann den Körper nachziehen und mich rasch am Stamm festhalten.

Wenn ich abrutschte …

Daran mochte ich gar nicht denken.

Ich drehte mich um und wollte das andere Bein nachziehen.

Doch mitten in der Bewegung hielt ich inne, als ich sah, wie die Zimmertür aufging. Mein Zwilling stürmte herein, noch immer im Karateanzug. Hastig blickte er sich um, bis er mich am Fenster entdeckte.

»Gut!«, sagte er. »Geh. Du musst verschwinden. Hier ist kein Platz für uns zwei!«

Und dann stockte mir der Atem, als er mit ausgestreckten Armen vorschnellte. Er stürzte heran, um mich aus dem Fenster zu stoßen.

Ich wollte mich wehren.

Doch mein Bein blieb hängen.

Mit beiden Händen packte er meinen Arm. Und dann zog er mich ins Zimmer zurück.

Schwer atmend plumpste ich auf den Fußboden. Ich war schweißgebadet.

Der Junge sah auf mich runter, ein schiefes Lächeln im Gesicht. Mein schiefes Lächeln.

»Hast du geglaubt, ich würde dich hinausstoßen?«, fragte er keuchend.

»Na ja ... vielleicht«, murmelte ich.

Langsam rappelte ich mich auf. Angespannt und kampfbereit stand ich ihm Auge in Auge gegenüber.

»Ich würde dich schon gerne hinausstoßen«, sagte er und sah mich wütend an. »Aber der Sturz würde dich nicht töten. Und ich muss dich hier wegbekommen – ein für alle Mal.«

»Warum hast du mich dann nicht über das Fenster abhauen lassen?«, fragte ich.

»Du würdest nicht sehr weit kommen«, sagte er drohend.

»Wie meinst du das?«, wollte ich wissen.

»Du verstehst es nicht. Du hast ja keine Ahnung«, sagte mein Zwilling kopfschüttelnd. »Mir bleibt wohl keine andere Wahl. Ich muss es dir erklären, bevor du gehst.«

»Aber ich gehe nicht«, sagte ich entschlossen und verschränkte die Arme vor der Brust. »Du wirst gehen. Du bist derjenige, der nicht hierher gehört.«

Er verzog angewidert das Gesicht und machte ein Zeichen, dass ich mich setzen sollte.

Angespannt hockte ich mich auf die Bettkante. Er schlüpfte aus dem weißen Anzug und pfefferte ihn in den Schrank. Dann zog er den Drehstuhl unter dem Schreibtisch hervor und setzte sich rittlings darauf.

»Das ist alles deine Schuld«, sagte er bitter. Er blickte zur Tür. Vermutlich wollte er sicher gehen, dass sie geschlossen war.

»Meine Schuld?«, rief ich. »Wovon redest du?«

»Du hast eine Menge Lügen erzählt – oder etwa nicht!«, warf er mir vor. »Du hast gelogen und gelogen und gelogen. Du hast so viele Lügen verzapft, dass du das Gefüge der Wahrheit und Wirklichkeit zerstört hast!«

»So oft habe ich nicht gelogen!«, widersprach ich.

»Ross, du hast so oft gelogen, dass du überhaupt nicht mehr weißt, was real ist und was nicht«, fuhr er fort. »Du bist in eine parallele Welt geschlüpft. In eine völlig andere Realität. Aus deiner Welt – in meine Welt.«

Ich sprang auf die Füße. »Spinnst du?«, rief ich. »Was redest du da?«

»Hast du denn nichts über Parallelwelten gelernt?«, fragte mein Zwilling. »Auf was für eine Schule gehst du? Wir lernen das in der vierten Klasse.«

»Du bist ja komplett verrückt«, murmelte ich und ließ mich aufs Bett zurücksinken.

»Tja, hast du nicht bemerkt, dass hier alles ein bisschen anders ist?«, fragte mein Zwilling. »Ist dir nicht aufgefallen, dass die Dinge fast gleich sind – aber nicht ganz?«

»Hm ... ja«, gab ich zu.

Mein Zwilling stand auf. Er schob den Stuhl unter den Schreibtisch zurück. »Du hast so lange gelogen, bis du deine Realität verloren hattest«, sagte er.

»Nein –«, entfuhr es mir.

»Jetzt bist du in einer Welt, in die du nicht gehörst. Und das ist deine Schuld. Allein deine Schuld.«

»Woher weißt du das?«, schrie ich. »Was macht dich zum Experten? Wie kannst du irgendwas von mir wissen?«

»Weil ich du *bin*!«, schrie er zurück. »Ich bin Ross Arthur in dieser Realität, in dieser Welt. Und du gehörst nicht hierher. Du bist ein Intruder. Ein gefährlicher Eindringling. Du kannst nicht bleiben!«

»Nein!«, kreischte ich. »Du bist nicht Ross – das bin ich!«

Aber ich wusste, ich gehörte tatsächlich nicht hierher.

Ich konnte nicht hierher gehören. Zu viele verrückte Dinge waren geschehen. Dinge, die ich nicht erklären konnte.

Mein Zwilling behauptete, ich hätte das Gefüge der Wirklichkeit zerstört. Aber das klang absolut verrückt.

Befand ich mich tatsächlich in einer Parallelwelt?

In meinem Kopf begann es zu pochen. Ich wusste nicht, was ich glauben sollte.

»Du musst gehen«, befahl mein Zwilling. »Verschwinde – auf der Stelle!«

»Gehen? Wo soll ich denn hingehen?«, schrie ich. »Ich bleibe. Du gehst!«

Und dann verlor ich die Beherrschung.

Ich stürzte mich auf ihn. In wilder Wut packte ich ihn und riss ihn zu Boden.

Dann trat ich ihn in den Bauch.

Mit einem zornigen Knurren wälzte er sich auf mich.

Wir kämpften verbissen, rollten über den Boden, schlugen, kratzten und prügelten aufeinander ein.

»Nur einer von uns gehört hierher, Ross«, keuchte er. »Nur einer von uns kann bleiben. Und das bin ich! Du kannst hier nicht überleben! Ich sage die Wahrheit. Du kannst nicht überleben. Du wirst sterben!«

18

Ich nahm meinen Zwilling in den Schwitzkasten, bis sein Gesicht rot anlief.

»Ich werde sicher nicht sterben!«, keuchte ich.

Er konnte sich befreien, schleuderte mich zu Boden, sprang auf mich und verdrehte mir den Arm.

»Auuuuu!« Ich heulte auf vor Schmerz.

Ein lautes Klopfen an der Zimmertür ließ uns zusammenfahren. Wir ächzten, japsten und rangen nach Luft. Meine Seite schmerzte. Mir dröhnte der Kopf. Mein Hals war steif.

Mein Zwilling hatte eine tiefe, rote Schramme am linken Arm.

»Ross, was zum Kuckuck machst du mit Jake da drin?«, rief Mom durch die Tür.

»Äh … gar nichts«, antwortete mein Zwilling und

wischte sich einen Speicheltropfen vom Kinn. »Wir … albern bloß herum.«

»Nein! Mom, hilf mir!«, rief ich. »Ich bin's! Bitte! Mach die Tür auf! Ich –«

Mein Zwilling drückte mir die Hand auf den Mund, bevor ich mehr sagen konnte. Wütend gab er mir Zeichen, die Klappe zu halten.

Ich strampelte, um mich zu befreien.

Da drückte er mir die Hand noch fester auf den Mund. Ich konnte mich weder rühren noch einen Mucks von mir geben.

Bitte, öffne die Tür!, flehte ich lautlos. Bitte, Mom!

Doch die Tür blieb zu. »Bring dein Zimmer ja nicht in Unordnung. Es ist heute Morgen erst geputzt worden«, rief Mom.

»Keine Sorge«, antwortete mein Zwilling.

Wir lauschten ihren Schritten auf der Treppe.

Als Mom weg war, nahm mein Zwilling endlich die Hand von meinem Mund. »Das war sehr dumm von dir«, knurrte er. »Sie würde dir nicht helfen. Sie wüsste sofort, dass du nicht hierher gehörst.«

»Was faselst du da?«, ächzte ich matt.

Mühsam setzte ich mich auf.

»Du kapierst es einfach nicht, was?«, sagte er.

Mit dem Ärmel meines T-Shirts wischte ich mir den Schweiß von der Stirn. »Was kapieren?«

»Du begreifst nicht, was hier läuft«, sagte er und rieb sich den roten Striemen auf seinem Arm. »Hast du echt noch nie was von Parallelwelten gehört?«

Ich schüttelte den Kopf.

»Nun, es gibt viele solcher Parallelwelten«, erklärte er. »Ich lebe in einer Welt und du in einer anderen.«

»Du lebst in der Klapsmühle«, murmelte ich.

Er seufzte und fuhr fort. »An dem Abend von Mikes Party öffnete sich das Tor zwischen unseren Welten.«

Ich blickte ihn skeptisch an. »Du meinst im Swimmingpool?«

Er nickte. »Ich sah dich dort im Wasser und konnte nicht glauben, was ich sah. Ich hatte solche Angst. Es dauerte eine Weile, bis ich dahinter kam, was passiert war.«

»Und? Was war passiert?«, fragte ich.

»Du bist in meine Welt eingedrungen, Ross. Du bist durch das Portal geschlüpft und in meine Welt geschwommen.«

Ich verdrehte die Augen. Klar, hier lief eindeutig irgendein verrückter Film. Aber Tore? Parallelwelten? »Das glaube ich nicht«, sagte ich.

Er sprang auf. »Ich versuch's dir zu erklären«, zischte er. »Bestimmt sah es für dich nach deiner Welt aus. Die Leute waren dieselben, alle Orte waren identisch. Aber es gibt eine Vielzahl von Unterschieden. Das hier ist eine Parallelwelt. Meine Welt.«

»Jetzt mach mal halblang«, brummte ich.

Dieser Kerl war ein ebenso guter Lügner wie ich! Er war so gut, dass ich ihm beinahe geglaubt hätte.

»Seit dem Abend von Mikes Party«, fuhr er zornig fort, »bist du in meine Welt rein- und rausgeschlüpft. Du bist zwischen unseren Welten hin und her gependelt. Und nun scheinst du hier festzusitzen. Aber du kannst nicht in dieser Realität bleiben. Du gehörst nicht hierher.«

»Warum verschwindest *du* dann nicht?«, giftete ich zurück.

Das ganze Gerede über Parallelwelten wurde mir langsam unheimlich.

»*Du* gehörst nicht hierher«, wiederholte er. »Und du … du könntest großen Schaden anrichten.«

Ich schluckte heftig. »Was? Wie meinst du das?«

»Du kommst aus einer anderen Welt. Du kannst nicht einfach hier hereinplatzen und unsere Welt durcheinander bringen. Du bist gefährlich. Du bist ein Eindringling. Ein Intruder – so nennen wir Leute wie dich.«

Ein Intruder?

»Intruder sind sehr gefährlich«, fuhr mein Zwilling fort. »Selbst wenn das gar nicht ihre Absicht ist. Manchmal, wenn sie Dinge berühren, verändern sie, was sie anfassen. Manchmal zerstören sie es auch ganz.«

»Okay, jetzt blicke ich durch«, sagte ich. »Ich bin ein Intruder. Wenn ich etwas berühre, zerstöre ich es.«

»Glaubst du mir?«, fragte er.

»Ja!«, antwortete ich.

Ich lief durchs Zimmer und packte ihn mit beiden Händen

»Auf Wiedersehen!«, rief ich. »Mach's gut!«

19

Er sprang auf und schubste mich weg. »Netter Versuch«, knurrte er. »Aber du kannst es nicht steuern. Du kannst dir nicht einfach Leute schnappen und sie nach Belieben vernichten.«

Er sah mich wütend an und ballte die Fäuste. »Versuch so etwas nie wieder«, warnte er mich.

Und dann senkte er die Stimme. »Aber es ist ziemlich überflüssig, mir wegen dir Sorgen zu machen. In ein oder zwei Tagen wirst du sowieso sterben.«

»Du bist verrückt«, japste ich. Jetzt ballte auch ich die Fäuste. Ich war bereit, erneut gegen ihn zu kämpfen, wenn es sein musste.

»Hast du nicht schon den Schmerz zu fühlen bekommen?«, fragte er. »Den Schmerz, in einer Welt zu sein, in die man nicht gehört? Intruder leiden unter immer schlimmeren Schmerzen.«

Ich schluckte schwer. Die Kopfschmerzen? Die heftigen, stechenden Kopfschmerzen, die ich heute Nachmittag gehabt hatte?

Ob er das meinte?

Ausgeschlossen. Jeder kriegt hin und wieder Kopfschmerzen.

»Und wenn der Schmerz unerträglich wird, beginnen die Intruder sich aufzulösen«, fuhr mein Zwilling fort. »Sie werden leichter und leichter … sie schwinden dahin, bis sie durchsichtig sind … werden immer leichter … bis sie wie ein welkes Blatt davonfliegen.«

»Neeeiiin!«, protestierte ich. »Du bist verrückt! Du lügst!«

Ein schiefes Lächeln machte sich auf dem Gesicht meines Zwillings breit. »Du wirst es erleben«, murmelte er.

»Nein!«, schrie ich noch einmal. »Nein – *du* wirst was erleben!«

Ich senkte die Schulter und rammte ihn mit voller Wucht. Er schrie verblüfft auf und fiel aufs Bett.

Bis er wieder auf den Beinen war, hatte ich die Zimmertür aufgerissen und stürzte hinaus auf den Gang.

»Mom! Mom – hilf mir!«, kreischte ich und lief zur Treppe.

Ich sprang die Stufen hinunter, immer zwei auf einmal. »Mom! Wo steckst du?«

Ich rannte durchs Haus und rief nach ihr. Ich wetzte in den Fitnessraum, ins Wohnzimmer. Nirgends eine Spur von ihr.

Ich schaute in die Garage. Ihr Auto fehlte. Sie muss ausgegangen sein, wurde mir klar.

Mein Herz hämmerte, als ich hinaus in die Auffahrt lief. Ich muss hier weg, beschloss ich. Ich muss hier weg und nachdenken.

Ich rannte los, quer durch die Vorgärten. Es war ein schwül-warmer Abend in L. A. Die Luft fühlte sich schwer und feucht an. Ich schwitzte bereits. Meine Schritte klangen dumpf auf den akkurat getrimmten Rasenflächen.

Ein Jeep rollte vorbei. Aus dem offenen Fenster plärrte Musik. Die Lichtkegel der Scheinwerfer erfassten mich im Vorbeifahren.

Normal. Alles war normal.

Auf der anderen Seite der langen, niedrigen Hecken kam Mikes Haus in Sicht. Vielleicht ist Mike ja daheim, dachte ich. Vielleicht klingle ich kurz und schaue, was bei ihm so abgeht. Versuche mit ihm zu reden. Möglicherweise kann er mir helfen herauszufinden, was hier tatsächlich los ist.

Ich zwängte mich wie gewohnt durch das Loch in der Hecke. Hinten im Garten war es dunkel. Bei der Garage brannte ein Licht. Auch im Haus war alles dunkel.

Niemand daheim, stellte ich fest. Ich wischte mir den Schweiß von der Stirn. Trotz der warmen Nacht fröstelte ich. Es kribbelte mir im Nacken. Ich bin bloß angespannt, redete ich mir ein.

Ich lief in Richtung Straße zurück, blieb jedoch stehen, als ich ein durchdringendes Kläffen hörte. Ich drehte mich um und sah Flash, den Dalmatiner der O'Connors, über den Rasen antrotten.

»Flash!«, rief ich und freute mich, ihn zu sehen. Ich kenne Flash schon, seit er ein Welpe war.

Die O'Connors wohnen auf der anderen Straßenseite. Manchmal, wenn sie in Urlaub fahren, nehmen wir Flash in Pflege. »Hey, Flash – na, wie geht's dir?«

Ein paar Meter vor mir blieb der Hund plötzlich stehen und fing an wild zu schnuppern, die Ohren steil aufgerichtet.

»Hey – Flash?«, rief ich, kniete mich hin und wollte ihn zu mir locken, um ihn zu umarmen. »Komm her, mein Junge. Na los, komm schon.«

Zu meinem Erstaunen senkte der Hund den Kopf – und begann zu knurren.

»Hee –« Hastig sprang ich auf.

Flash zog die Lefzen hoch und entblößte zwei Reihen spitzer Zähne. Er knurrte drohend, den ganzen Körper angespannt.

»Flash – ich bin's!«

Mit einem wütenden Knurren sprang der Hund mich an.

Ich wich zur Seite aus, verlor das Gleichgewicht, rutschte auf dem Gras aus und landete schmerzhaft auf der Seite.

Der knurrende Hund drehte um. Seine Augen waren rot. Weißer Speichel ließ die scharfen Zähne glänzen.

Wieder knurrte er wütend. Kräftig stieß er sich ab, senkte den Kopf – und schlug die Zähne in meinen Arm.

20

Ich jaulte auf vor Schmerz und wollte mich wegrollen.

Aber der Hund war zu schwer, zu kräftig.

Der Schmerz fuhr durch meinen Arm, durch meine ganze Seite.

Mit einem Stöhnen streckte ich beide Arme nach oben, packte den Hund um den Hals und versuchte verzweifelt, den rasenden Dalmatiner von mir zu wälzen.

Er schnappte wütend, knurrte mich an und schlug mit den Pfoten nach mir.

Ich hielt seinen Hals weiter fest umklammert und versuchte ihn wegzuschieben.

Dann gab Flash plötzlich ein hohes, leises Winseln von sich. Wie das Miauen einer Katze.

Seine roten Augen schienen trüb zu werden. Er wich taumelnd zurück. Dann hob er den Kopf, sperrte das Maul weit auf und stimmte ein hohes, schrilles Jaulen an. Ein Schmerzgeheul.

Ich rollte mich weg. Rappelte mich auf. Nach Atem ringend, rieb ich meinen pochenden Arm.

Mein Blick fiel auf das weiße Fell an Flashs Hals. Ich sah, wie es sich schwarz färbte.

Und dann röchelte Flash. Ein tiefes, kehliges Gurgeln.

Er starrte zu mir hoch – nicht mehr wütend, sondern erstaunt. Verwirrt.

Das Fell fiel ihm vom Körper.

»Oooohhh«, stöhnte ich entsetzt, als der Hund zur Seite kippte.

Er plumpste schwer ins Gras und rührte sich nicht mehr.

Und während ich noch auf das leblose Tier herabblickte, verwitterte seine Haut, bis nur noch ein graues Skelett übrig war.

»Nein!«, schrie ich. »Flash! Flash!«

Das war ich gewesen!

Die Worte gellten mir in den Ohren.

Ich hatte Flash das angetan!

Nein, ich wollte es nicht hören, wollte es nicht glauben.

Ich hielt mir die Ohren zu, drehte mich um und rannte weg. Rannte blindlings drauflos, rannte ohne nachzudenken.

Das letzte klägliche Jaulen des Hundes hallte in meinen Ohren fort. Ich lief immer weiter, als wollte ich davor fliehen, als wollte ich dem Geräusch in meinem Kopf entkommen.

Ich weiß nicht, wie lange ich rannte. Plötzlich fand ich mich am Rodeo Drive wieder. Die Nobelläden hatten geschlossen, die Bürgersteige waren wie leer gefegt. Nur ein paar Schaufensterbummler betrachteten die hell erleuchteten Auslagen.

Ich blieb stehen, schweißgebadet, die Haare klatschnass. Das T-Shirt klebte mir am Leib. Meine Brust schmerzte von dem langen Lauf.

Ich lehnte mich gegen einen Türrahmen und blickte

die Straße hinunter. Mir schien alles ganz normal. Die Läden, die Restaurants. Alles war so wie immer.

Ich wollte gerade weitergehen, als ich Schreie hörte. Zornige, aufgeregte Schreie. Auf der anderen Seite des Wilshire Boulevard, einen Block entfernt.

Ich überquerte die breite Straße, folgte den Stimmen – und befand mich plötzlich in einer Straße mit lauter kleinen Läden. Sie waren allesamt geschlossen. Der Gehweg war menschenleer – bis auf die herumschreienden Männer.

Drei Beamte der Polizei von Los Angeles umringten einen jungen Mann. Zwei der Cops hielten den Kerl an den Armen fest. Der dritte Polizist stand vor dem Mann und versperrte mir die Sicht.

Was ist da los?, wunderte ich mich.

Ich duckte mich hinter den Stamm einer mächtigen Palme und beobachtete von meinem Versteck aus das Geschehen.

Die Polizisten trugen Uniformen, wie ich sie noch nie gesehen hatte. Uniformen, die an Raumanzüge erinnerten, silbrig glänzend und wattiert, dazu Helme wie die von Astronauten. Äußerst seltsam.

»Sieht so aus, als hätten wir einen geschnappt«, sagte einer der Polizisten.

»Ja, das ist ein Intruder«, bestätigte sein Kollege aufgeregt. »Ich habe noch nie einen gesehen – und du?«

»Nein. Aber lass uns das nicht an die große Glocke hängen«, antwortete der Erste. »Wir wollen keine Panik hier im Viertel.«

Ich glitt im Schatten vorwärts und duckte mich hinter einen anderen Baum, um mehr zu erkennen.

Schließlich konnte ich den jungen Mann sehen. Er hatte lange, blonde Haare, feurige, blaue Augen und an einem Arm schlängelte sich eine Tätowierung.

Er versuchte, sich von den beiden Polizisten zu befreien, die ihn festhielten. Er zappelte und wand sich, warf den Kopf in den Nacken, dass die Haare hochflogen, und fing aus Leibeskräften an zu schreien.

»Ich bin kein Intruder!«, brüllte er. »Ich bin keiner! Ihr habt den Falschen erwischt!«

Die Polizisten nahmen ihm das nicht ab. »Beruhige dich«, sagte einer von ihnen. »Spar dir deine Kräfte.«

»Wozu sich wehren?«, rief ein anderer. »Du hast nicht viel Zeit.«

»Gib auf.«

Stattdessen unternahm der Mann unter wütendem Gebrüll einen erneuten Befreiungsversuch.

Für einen Moment hatten die beiden Polizisten ihn nicht mehr unter Kontrolle. Schreiend versuchten sie, seiner wieder Herr zu werden, und zerrissen dabei sein Sport-Shirt.

Einer der Polizisten kreischte auf. Der andere schloss die Augen und drehte sich weg.

Verblüfft starrte ich auf die nackte Brust des jungen Mannes. Ich konnte sein Herz darin schlagen sehen … seinen Magen, der sich hob und senkte … das Blut, das durch seine Adern pulsierte … seine verschlungenen Gedärme.

Ich konnte direkt durch ihn hindurchsehen!

Plötzlich krümmte sich der Mann und stöhnte. Der Glanz in seinen Augen verschwand. Er hielt die Arme fest um den Körper gepresst. »Der Schmerz ...«, stöhnte er. «Ooooh, Hilfe. Das tut so höllisch weh.«

Seine Rufe und Schreie gellten mir in den Ohren. In meinem Kopf begann es zu hämmern.

Ich wich zurück, drückte mich gegen den Baum, schloss die Augen und hielt mir die Hände vors Gesicht.

Es stimmt alles, so viel war mir jetzt klar.

Mein Zwilling hatte mir die Wahrheit über die Intruder gesagt. Die Wahrheit über mich.

Ich gehörte nicht hierher. Ich war auch ein Intruder.

Und in ein oder zwei Tagen ... in ein oder zwei Tagen wäre ich ...

Ich wäre fort. Für immer.

21

Die Cops verfrachteten den armen Intruder in das Hintere eines Transporters. Der Wagen brauste mit hohem Tempo davon. Ohne Warnlicht. Ohne Sirene.

Ich war der einzige Mensch auf dem Gehweg. Ich fühlte mich gelähmt, starr vor Angst.

Wie konnte ich mich retten? Wie konnte ich in meine eigene Welt zurückkehren, ehe ich mich auflöste?

Mir war, als wollte mir der Kopf zerspringen. Vor Panik schlug mein Herz Purzelbäume in meiner Brust.

Wie war ich überhaupt hierher gekommen?, fragte ich mich.

Das Portal … das Tor …

»Ha!«, schrie ich. Mein Zwilling hatte mir die Antwort bereits gegeben. Es war so einfach!

Mikes Swimmingpool! Dort waren wir zwei uns zum ersten Mal begegnet. Da befand sich das Tor zwischen unseren beiden Welten!

Erst vor wenigen Minuten war ich dort gewesen, in Mikes Garten. Ich war so nahe dran … so dicht dran an meiner Rückkehr nach Hause … und merkte es nicht einmal.

Ja!

Ich reckte die Fäuste in die Luft und juchzte vor Freude.

Dann machte ich kehrt und lief über den Wilshire Boulevard zurück, den Rodeo Drive hinunter. Ich wusste, was ich zu tun hatte. Es war so einleuchtend, so einfach.

Ich werde in Mikes Garten zurückkehren, sagte ich mir, und in den Pool springen. Mit allen Klamotten. Ich werde hinabtauchen … den Weg unter Wasser zurücklegen … durch das Tor schwimmen … in meine Welt zurückschwimmen.

Was bin ich doch für ein Glückspilz!, dachte ich.

Ich stellte mir vor, wie ich nach Hause zurückkehren

würde, ehe ich zu schwach wurde. Ehe ich mich aufzulösen begann, bevor der Schmerz unerträglich wurde.

Was war ich für ein Glückspilz …

Bis zu Mikes Haus war es nur noch ein Block. Ich ging flott, mit schlenkernden Armen, als der große, schwarzweiße Streifenwagen neben mich glitt.

»Halt, stehen bleiben!«, bellte eine mürrische Stimme.

22

Ich erstarrte. Ein kalter Schauer schüttelte meinen Körper.

Panik schnürte mir die Kehle zu. Meine Knie drohten nachzugeben.

Sie wissen Bescheid! Sie wissen, dass ich ein Intruder bin! Wie haben sie das bloß rausgekriegt?

Ein mondgesichtiger Polizist mit Meckischnitt und runden, schwarzen Schweinsaugen streckte den Kopf aus dem Wagenfenster. »Na, wohin, mein Sohn?« Seine kleinen Augen musterten mich von Kopf bis Fuß.

»N-nach Hause«, stotterte ich.

Er runzelte die Stirn und hielt die Augen weiter auf mich geheftet. »Wohnst du hier in der Gegend? Oder willst du dich bloß mal umsehen?«

»Nein, ich wohne da hinten.« Ich zeigte es ihm und nannte die Adresse.

»Wie heißt du, mein Sohn?« Das Funkgerät im Wagen krächzte laut. Eine tiefe Stimme gab über Funk Nummern durch. »Hast du irgendeinen Ausweis dabei?«

»Einen Ausweis? N-nein«, stammelte ich und griff mir hinten an die Tasche. »Ich hab meinen Geldbeutel daheim vergessen. Aber ich bin Ross Arthur. Mein Dad heißt Garrison Arthur. Er arbeitet bei Mango Pictures.«

»Verschone uns mit deiner Familienchronik«, sagte der zweite Polizist hinterm Steuer. »Du solltest nachts nicht allein herumstromern, Kind.«

Er wandte sich an seinen Kollegen. »Los, komm. Wir haben einen 308 am Sunset Boulevard.«

Sie brausten davon, ohne Auf Wiedersehen zu sagen.

Zitternd stand ich da und beobachtete, wie der Streifenwagen mit quietschenden Reifen um die Ecke bog. Ich schlang die Arme um mich, damit das Zittern aufhörte. Kalte Schweißperlen standen mir auf der Stirn und den Wangen.

Das war verdammt knapp, ich war mir dessen bewusst.

Ich musste von hier verschwinden, denn solange ich blieb, war ich keinen Moment mehr sicher.

Ich rannte los und fiel erst wieder in einen langsamen Schritt, als ich bei Mikes Haus ankam.

Ich hatte den Rasen im Vorgarten zur Hälfte überquert, als ich das Hundegerippe im Gras unweit der Hecke sah.

Armer Flash.

Ich muss nach Hause, ehe ich noch irgendwelche anderen Schäden anrichte, dachte ich.

Mikes Haus lag dunkel da. Nur auf der Veranda brannte eine Lampe. Es war noch immer keiner daheim.

Ich lief am Haus entlang nach hinten in den Garten. Aus einem der Schlafzimmerfenster drang gedämpftes oranges Licht. Ansonsten bewegte ich mich in totaler Dunkelheit.

Ich betrat die Terrasse hinterm Haus. Mein Herz begann vor Aufregung wie wild zu schlagen.

Mir war so heiß. Ich war schweißnass. Ein erfrischendes Bad kam mir gerade recht.

Vor allem eins, das mich nach Hause bringen würde.

Ich werde an der flachen Seite reinspringen und zum tiefen Ende schwimmen, nahm ich mir vor. Genau wie ich es an dem Abend von Mikes Party gemacht habe.

Ich schwimme zur tiefen Seite rüber … schlüpfe durch das Tor … und haue für immer aus dieser schrecklichen Welt ab.

Meine Schuhe schabten über den Steinboden der Terrasse, als ich zum Pool joggte.

Gespannt trat ich an den Beckenrand. Spähte nach unten.

Und starrte auf nackten Beton.

»Nein! Nein! Nein!« Ich hieb mir die Fäuste in die Seiten.

Der Pool war leer, das Wasser war abgelassen worden.

GRUSELFIEBER

23

Ich hatte keine Wahl. Im Pool war kein Wasser und ich war ratlos. Ich musste zum Haus meines Zwillings zurück und mit ihm reden. Er war der Einzige, der mir vielleicht noch helfen konnte.

Ich schlüpfte durch die Hintertür rein und schlich mich rauf zu seinem Zimmer. Als ich reinkam, sah er von seinem Computer auf und warf mir einen angeekelten Blick zu. »Du bist wieder da?«, fragte er höhnisch.

Er stand auf, ging zum Fenster und starrte hinaus in die Nacht.

Von fern hörte ich den schrillen Ruf eines Vogels, ein fremdartiges Trillern, wie ich es noch nie gehört hatte.

Ein Klang aus einer anderen Welt.

Einer anderen Realität.

»Du musst mir helfen«, flehte ich. »Sag mir, wie ... wie komme ich zurück in meine Welt? Was muss ich tun?«

Er drehte sich langsam um und sah mich lange an. Schließlich kicherte er kalt. »Keine Ahnung. Das ist dein Problem.«

»Nein!«, schrie ich, sprang auf, stampfte durchs Zimmer zu ihm und packte ihn vorn am T-Shirt. »Du musst es wissen!«, kreischte ich. »Du musst es wissen!«

Er riss sich los und stolperte von mir weg. »Ich – ich will mich nicht schon wieder mit dir prügeln.«

»Dann sag es mir!«, forderte ich. »Du weißt alles darüber – stimmt's? Du hast es in der vierten Klasse gelernt. Du kennst dich aus mit Portalen und Parallelwelten. Du weißt das alles, oder nicht?«

Ich drängte ihn in eine Ecke.

Er spannte die Muskeln an, als erwartete er einen Angriff von mir.

»Los, sag es mir!«, tobte ich.

»Na schön«, antwortete er und hob abwehrend die Hände, damit ich von ihm abließ. »Setz dich, okay? Ich glaube, ich weiß, wie du es schaffen kannst. Aber hör auf rumzuschreien.«

Heftig keuchend trat ich einige Schritte zurück. »Schieß los«, forderte ich noch einmal.

»Okay. Setz dich«, sagte er. »Du bist dein ganzes Leben lang ein Lügner gewesen, richtig?«

Ich glotzte ihn an. »Wie bitte?«

»Gib mir einfach Recht«, sagte er. »Du bist dein ganzes Leben lang ein Lügner gewesen.«

»Wie auch immer«, murmelte ich, und dann schoss mir die Frage aus dem Mund: »Woher weißt du das?«

»Das hab ich dir schon gesagt. Weil ich du bin«, erwiderte er. »Du bist in meine Welt geschlüpft, weil deine gesamte Welt zu einer Lüge wurde, kapiert? Wenn du in deine Welt zurückkehren willst, musst du sie umdrehen.«

Ich kratzte mich am Kopf. »Hm? Sie umdrehen?«

Er nickte. »Ja. Du musst die Wahrheit sagen. Du musst jemandem die Wahrheit erzählen über das, was dir passiert ist.«

Ich schluckte. »Du meinst, ich muss jemandem aus

deiner Welt erklären, dass ich ein Intruder bin? Dass ich aus einer anderen Welt stamme?«

»Genau. Und du musst diese Person dazu bringen, dir zu glauben«, fügte er hinzu.

»Aber – es weiß doch jeder, dass ich ein Lügner bin!«, rief ich. »Jeder weiß, dass ich ständig Geschichten erfinde. Wer sollte mir schon glauben? Wer?«

Er zuckte mit den Achseln. »Keine Ahnung.«

Und plötzlich hatte ich eine Idee.

GRUSELFIEBER 24

»Wo kann ich heute Nacht schlafen?«, fragte ich.

Mein Zwilling gähnte. »Mir egal. Penn von mir aus auf einem Baum.«

»Darf ich auf dem Boden übernachten?«, fragte ich.

Er zuckte mit den Achseln. »Mach, was du willst. Nur lass mich in Ruhe.«

Kurz darauf knipste mein Zwilling die Lichter aus und kroch ins Bett. Ich versuchte es mir auf dem Teppich halbwegs bequem zu machen.

Wir leben in verschiedenen Welten, dachte ich, aber unser Leben gleicht sich sehr.

Wenn seine Mom wie meine war, würde sie früh aufstehen. Und sie würde in die Küche gehen, um Kaffee zu kochen, und dabei ihre Freundin Stella anrufen, die ebenfalls zeitig auf den Beinen war.

Wenn ich runterging, während mein Zwilling noch schlief, konnte ich mit ihr reden und ihr die ganze Sache in aller Ruhe erklären.

Dann würde ich sie nach oben führen – und sie hätte den Beweis vor Augen. Ross hoch zwei!

Das wird klappen. Ich bin praktisch schon zu Hause, dachte ich, während ich in den Schlaf hinüberdämmerte.

Als ich aufwachte, drang graues Morgenlicht durchs Fenster herein. Ich hob den Kopf und schielte zum Radiowecker neben dem Bett. Zehn nach sechs.

Ich hatte ein bisschen verschlafen, aber das war schon in Ordnung.

Mein Zwilling schlief tief und fest auf dem Bauch, die Bettdecke bis zum Kopf hochgezogen.

Wenn er wie ich war, würde sein Wecker frühestens in einer Stunde losdudeln.

Lautlos gähnend stand ich auf. Mein Rücken schmerzte vom Liegen auf dem harten Boden. Ich hatte in Unterhosen geschlafen und zog nun meine Jeans und mein T-Shirt vom Vortag an.

Ich bückte mich, um mir die Turnschuhe zu binden. Dann schlich ich auf Zehenspitzen aus dem Zimmer und die Treppe hinab zur Küche.

Der Duft von frisch gebrühtem Kaffee begrüßte mich. In der Küche war es dunkel bis auf das fahlgraue Licht, das durch die Fenster drang.

Mom saß mit dem Rücken zu mir auf einem hohen

Stuhl bei der Anrichte. Neben ihr stand ein weißer Becher mit dampfendem Kaffee. Sie hielt den Telefonhörer ans Ohr gepresst.

Dieselbe Mom, dachte ich. Der gleiche blaue Bademantel, das Haar unfrisiert, einen blauen Pantoffel auf dem Fuß, den anderen am Boden.

»Ich weiß, ich weiß«, sagte sie ins Telefon. »Stella, erzähl mir was Neues. Da ändert sich nichts. Wirklich.«

Ich tippte ihr auf die Schulter.

Das war ein Fehler.

Sie kreischte erschrocken und ließ den Hörer fallen. »Ross – was um alles in der Welt …!«

»Entschuldige, Mom«, sagte ich sanft.

»Was bist du denn schon so früh auf? Du hast mich zu Tode erschreckt!«, rief Mom.

Sie hob den Hörer auf und hielt ihn sich wieder ans Ohr. »Tut mir Leid, Stella. Das war Ross. Was wolltest du gerade sagen?«

»Ich will dir was erzählen«, unterbrach ich sie. »Etwas völlig Verrücktes.«

Sie zuckte mit den Schultern und deutete auf das Telefon. Ich konnte Stellas Stimme hören. Sie klang wie eine quakende Ente.

»Geh und mach dir ein Müsli oder so«, flüsterte Mom und winkte mich weg.

»Okay«, willigte ich ein. »Aber ich muss dir was erzählen.«

»Ich weiß, ich weiß«, sagte Mom ins Telefon. »Da bist nicht die Einzige, Stella. Das kommt vor. Es passiert oft.«

Ich ging zum Küchenschrank und nahm eine Frühstücksschale und eine Packung Cornflakes heraus. »Ich muss wirklich mit dir reden«, rief ich Mom zu.

Sie ließ den Telefonhörer sinken. »Stella hat noch einen Anruf bekommen. Sie hat mich in die Warteschleife gestellt. Was möchtest du mir sagen?«

»Also ...« Ich schob die Packung Cornflakes beiseite. Ich wusste wirklich nicht, wo ich anfangen sollte. Mir war klar, dass ich es richtig erzählen musste. Ich musste Mom dazu bringen, mir zu glauben.

»Hast du Probleme, Ross?«, fragte Mom mit sorgenvoller Miene.

»Hmm ... ja und nein«, sagte ich. »Weißt du, Mom – mir ist etwas Merkwürdiges passiert.«

»Wie merkwürdig?« Sie hatte den Hörer wieder ans Ohr gepresst, sah mir aber mit festem Blick in die Augen.

»Ziemlich merkwürdig«, antwortete ich. »Sieh mal, du bist nicht wirklich meine Mom. Ich –«

»Oh, Ross! Komm mir nicht schon wieder mit einer deiner verrückten Geschichten!«, rief sie. »Das ertrage ich nicht so früh am Morgen! Geh zurück ins Bett, okay? Du kannst noch eine Stunde schlafen.«

»Hör mir einfach mal zu«, sagte ich. »Ich weiß, ich habe in der Vergangenheit eine Menge Dinge erfunden. Aber heute nicht. Heute meine ich es wirklich ernst. Und ich brauche ehrlich deine Hilfe, okay?«

Ich holte tief Luft und starrte auf die Cornflakespackung. Ich wollte ihr Gesicht nicht sehen, falls sie mir nicht glauben sollte.

»Lass mich dir einfach die ganze Geschichte erzählen, Mom. Und bitte glaub mir«, bettelte ich. »Bitte. Diesmal ist es nicht erfunden.«

Ich fixierte weiter die Schachtel. »Das Tor war offen und ich bin in eine Parallelwelt geschlüpft«, fuhr ich fort. »Du weißt vermutlich alles über parallele Welten. Ross – also der andere Ross, dein Ross – sagte mir, sie hätten das in der Schule durchgenommen. Tja, genau das ist mir also passiert.«

Ich atmete tief durch. »Ich bin Ross, aber ich bin nicht derselbe Ross, den du kennst. Ich gehöre in eine andere Welt. Ich bin das, was ihr einen Intruder nennt. Und ich muss schnell in meine Welt zurückkehren. Du musst mir glauben, Mom, damit ich dorthin zurückkann. Wenn du mit nach oben kommst, kann ich's dir beweisen. Der andere Ross – dein Ross – liegt noch im Bett und schläft.«

Puh. Das wäre geschafft.

Wieder holte ich tief Luft und ließ zögerlich den Blick von der Cornflakesschachtel zu Mom gleiten. »Glaubst du mir?«, fragte ich flüsternd. »Ja? Kommst du mit mir nach oben?«

25

Ich hielt den Atem an. »Mom?«

Sie legte den Hörer auf. »Was gibt's denn, Ross?«, fragte sie unwirsch.

»Glaubst du mir?«, wiederholte ich.

»Was soll ich glauben? Ich muss schnell zu Stella rüber. Sie klang sehr aufgeregt.«

Mom winkte mich fort. Sie hatte nicht ein Wort von dem gehört, was ich gesagt hatte.

»Komm bitte kurz mit in mein Zimmer, bevor du dich umziehst«, flehte ich. »Ich muss dir was zeigen. Es ist ein Notfall!«

»Ich ziehe mich nicht um, Ross. Ich gehe bloß nach nebenan.« Mom nahm ihr Regencape aus dem Garderobenschrank und warf es sich über den Bademantel. »Stella hat einen Notfall. Einen richtigen Notfall. Sie jedenfalls erfindet keine Geschichten.«

Mom lief aus der Hintertür. Ich sah ihr nach, wie sie über den Rasen zu Stellas Haus eilte.

Ich seufzte und schlurfte aus der Küche. Der erste Fehlschlag.

Ich schlich zurück auf mein Zimmer. Mein Zwilling schlief noch tief und fest. Er hatte sämtliche Decken auf den Boden getreten. Ich tue das auch manchmal.

Plötzlich hatte ich starkes Heimweh. Ich sehnte mich nach der Geborgenheit meines echten Zimmers. Was meine richtige Mom jetzt wohl gerade machte?

Ich stand über dem Bett und betrachtete meinen Zwilling eine ganze Weile. Es war so seltsam, mich selbst zu sehen. Wie ich aussah, wie ich schlief. Er war ich in jeder Beziehung.

Und das hier war sein Zimmer. Ich gehörte nicht hierher. Und wenn ich keinen fand, der mir meine Geschichte glaubte, würde ich nicht mehr lange hier sein.

»Wach auf«, flüsterte ich. Ich beugte mich nach unten und schüttelte ihn an den Schultern. »Los. Wach auf.«

Er blinzelte mich aus einem Auge an. »Huch? Was willst du denn?«, fragte er mit schlaftrunkener Stimme. »Wie spät ist es?«

»Noch früh«, sagte ich. »Aber mir bleibt nicht viel Zeit. Ich will mit dir zur Schule gehen.«

Er öffnete das zweite Auge. »Was ist los?«

»Ich muss jemanden finden, der mir meine Geschichte abnimmt. Deshalb muss ich mit dir zur Schule. Sobald meine Freunde – deine Freunde – uns beide sehen, werden sie mir glauben. Ich weiß es.«

Er richtete sich jäh auf. »Kommt nicht in Frage!«, sagte er.

»Wie? Du willst mich nicht zur Schule gehen lassen?«, fuhr ich ihn an.

»Klar werde ich dich zur Schule gehen lassen.« Langsam verzog sich sein Gesicht zu einem Grinsen. »Aber ich werde nicht mitkommen. Du wirst ganz allein jemanden überzeugen müssen, dir zu glauben. Ich helfe dir dabei auf keinen Fall.« Er gähnte herzhaft.

»Fein, dann geh ich jetzt zur Schule«, sagte ich. »Ich

gehe zur Schule – und ich werde jemanden finden, der mir glaubt.«

Ich trat hinaus in einen schwül-warmen Tag. Die Luft war bereits schwer und feucht. Überall im Viertel entluden Gärtner ihre Lastwagen. Eine Frau in grauer Dienstmädchentracht führte auf dem Gehweg zwei weiße Pudel spazieren.

Alles sieht so aus wie daheim, dachte ich traurig. Aber ich bin vermutlich so weit weg von zu Hause, wie man es nur sein kann.

Mir blieb nicht viel Zeit für Selbstmitleid. Schon sah ich Cindy einen Block vor mir und rannte los, um sie einzuholen.

»Hey, warte! Cindy – warte auf mich!«

Sie saß auf ihrem Fahrrad und trat kräftig in die Pedale, dass die schwarzen Haare hinter ihr her wehten.

»Hey, warte doch!«

Endlich hielt sie an und drehte sich um. »Ross? Was gibt's denn?«

Ich rannte zu ihr. »Ich muss dir was sagen.«

Sie trat wieder in die Pedale. »Wir sind spät dran. Um was geht es denn, Ross?«

»Ich bin nicht wirklich Ross«, japste ich und hatte Mühe, mit ihrem Tempo Schritt zu halten. »Ich bin Ross in einer anderen Welt. Und dahin muss ich zurück.«

»Du musst zurück ins Irrenhaus!« Sie lachte. »Du und deine verrückten Geschichten.«

»Cindy – bitte«, flehte ich. »Ich mach keine Späßchen. Ich meine das wirklich völlig ernst.«

Ihr Lächeln verschwand. »Das kapier ich nicht. Wo ist da der Witz?«

»Es ist kein Witz«, erwiderte ich. »Ich gehöre nicht hierher. In dieser Welt hier kann ich nicht bleiben. Ich muss dahin zurück, wo ich hingehöre. Sonst …« Mir versagte die Stimme.

»Alles, was ich von dir will, ist, dass du mir vertraust, dass du mir glaubst, was ich dir erzähle«, bettelte ich.

Sie verdrehte die Augen. »Ich soll dir also glauben, dass du ein Außerirdischer von einem fremden Planeten bist?«

»Nein!«, schrie ich. »Du sollst mir glauben, dass ich Ross in einem Paralleluniversum bin. I-ich bin ein Intruder!«

Sie starrte mich an und ihre Augen huschten hin und her. Ich konnte sehen, dass sie angestrengt überlegte, wie sie sich entscheiden sollte.

Ich drückte mir selbst die Daumen hinter dem Rücken. »Du glaubst mir doch, Cindy?«, fragte ich. »Ja?«

»In Ordnung«, sagte sie schließlich. »Schön. Ich glaube dir.«

26

»Spitze!«, jubelte ich. »Danke! Danke!«

»Ich glaube auch, dass der Mond aus Limburger Käse besteht«, sagte Cindy. »Und ich glaube, dass ich mit den Armen rudern und zum Mars fliegen kann, wann immer ich Lust dazu habe.« Sie bekam einen Lachanfall.

»Warte! Ich kann es dir beweisen!«, rief ich.

Ich weiß nicht, warum mir das nicht früher eingefallen war. Aber ich konnte Cindy zeigen, dass ich ein Intruder war!

»Schau her!«, sagte ich und ließ mich rücklings ins Gras fallen. »Intruder zerstören Dinge, richtig?«

Cindy verdrehte nur die Augen.

»Wenn ich aufstehe, wird das Gras brennen und zischen. Du wirst schon sehen.«

Ich presste meinen Rücken kräftig ins Gras, denn ich wollte auf Nummer sicher gehen, dass die Halme sich braun färbten.

Dann stand ich wieder auf. »So. Und jetzt sieh hin.«

Wir schauten auf den Boden.

»Wow.« Cindy riss die Augen weit auf. »Das ist ja unglaublich. Platt gedrücktes Gras.«

Platt gedrücktes Gras. Das traf den Nagel auf den Kopf. Das Gras schmiegte sich flach an den Boden, wo ich mich hatte fallen lassen. Es war noch immer grün, kein bisschen verbrannt.

Wieso klappte es diesmal nicht?, wunderte ich mich und starrte ins Gras. Mein Zwilling könnte es mir vermutlich erklären, doch das war momentan völlig nebensächlich.

Jetzt kam es einzig und allein darauf an, Cindy von meiner Geschichte zu überzeugen.

»Cindy –« Ich schaute hoch, aber Cindy war fort. Ein ganzes Stück entfernt, sah ich sie über den Randstein des nächsten Blocks radeln. »Ich gebe nicht auf«, sagte ich laut. »Niemals.«

Doch ein scharfer, stechender Schmerz ließ mich mit den Händen nach meinem Kopf greifen. Ich schloss die Augen und versuchte den Schmerz zurückzudrängen.

»Oooh«, stöhnte ich, als auch mein Bauch zu schmerzen begann. Ich krümmte mich. Der Schmerz wurde immer schlimmer, als würden sich tausende Rasierklingen in meinen Magen bohren. Es tat so weh, dass ich nicht laufen konnte.

Ich kauerte mich auf die Bordsteinkante. Mein Kopf, mein Bauch. Jetzt ist es so weit, dachte ich. Genau wie mein Zwilling es vorausgesagt hatte. Dieser grauenhafte Schmerz …

Ich zwang mich zur Schule. Ich wusste, mir blieb nicht mehr viel Zeit. Ich musste jemanden finden, der mir meine Geschichte glaubte.

Ich probierte es bei Mike. Ich traf ihn bei seinem Schließfach gegenüber von Miss Douglas' Klasse. »Mike, hör zu«, sagte ich. »Ich bin ein Intruder. Ich bin nicht wirklich Ross.«

Er lachte. »Na dann«, meinte er und lief in Richtung Klassenzimmer.

»Mike – warte!«, rief ich. »Bitte! Wenn ich dir eine absolut wilde, total verrückte Geschichte erzählen würde, wie ich zwischen Parallelwelten hin und her pendle … wenn ich dir sagen würde, ich bin nicht wirklich der Ross, den du kennst, und ich gehöre nicht hierher in deine Welt … wenn ich schwören würde, dass alles wahr ist … würdest du mir dann glauben? Gibt es überhaupt irgendeine Chance, dass du mir das abnimmst?«

Er öffnete den Mund, um zu antworten. »Nie im Leben –«, begann er.

»Überleg's dir«, unterbrach ich ihn. »Antworte nicht gleich. Denk darüber nach, ja?«

Er nickte. »Das habe ich schon getan.«

»Und?«, fragte ich.

»Und ich glaube, du möchtest mir bloß nicht dabei helfen, das Auto meines Vaters zu waschen«, sagte er. »Netter Versuch, aber das zieht nicht. Du hast es versprochen. Ich seh dich dann nach der Schule. Und vergiss nicht, das Autowachs mitzubringen.«

»Mike – warum willst du mir nicht glauben?«, rief ich.

»Jeder kennt deine verrückten Geschichten, Ross«, sagte er mit einem Grinsen. »Jeder.«

Die Glocke läutete.

Mike rief »Tschüss!«, und lief hastig den Flur hinunter zu seiner Klasse. Ich sah ihm nach, seine Worte gingen mir im Kopf herum.

Verhängnisvolle Worte.

Ich fühlte, wie Panik mir die Kehle zuschnürte. Meine Beine zitterten wieder, als ich in Miss Douglas' Klassenzimmer schlurfte.

Plötzlich kam mir die Idee: *Sie* muss mir glauben. Sie ist eine Lehrerin, sie muss ihren Schülern glauben.

Wenn ich sie darum anflehe, wird sie sehen, wie verzweifelt ich bin. Sie wird nicht wie meine Freunde reagieren, die meine Geschichte für einen großen Scherz halten.

Denn warum sollte ich mit einer Lehrerin Scherze treiben? Und ich wette, sie weiß alles über Parallelwelten.

Ich begann wieder Hoffnung zu schöpfen. Nur ein wenig, aber immerhin genug, dass ich mir dachte, ich könnte am Ende vielleicht doch nach Hause zurückkehren.

»Miss Douglas!«, rief ich.

Alle Augen richteten sich auf mich, als ich den Rucksack auf den Boden warf und zum Pult hastete.

»Miss Douglas! Darf ich Ihnen etwas erklären?«

GRUSELFIEBER

27

Miss Douglas mochte mir auch nicht glauben.

Sie dachte, ich wolle mich vor der Klassenarbeit drücken. »Ich muss freilich zugeben, dass dies eine von deinen besseren Geschichten ist, Ross«, kicherte sie kopfschüttelnd.

»Geh und setz dich auf deinen Platz«, sagte sie und winkte mich fort. »Ich bin sicher, morgen hast du eine noch bessere Geschichte für mich.«

Ich schlich durch den Raum zu meinem Tisch.

Es wird kein Morgen geben, dachte ich bitter.

Für mich gibt es keinen neuen Tag, weil niemand mir glaubt.

Was macht es schon, wenn ich ein Lügner bin? Wenn ich die ganze Zeit Geschichten erfinde. Na und?

Warum kann mir keiner glauben, wenn ich tatsächlich die Wahrheit sage?

Nach dem Unterricht wollte ich aufstehen, doch ich fühlte mich schwach. Ich konnte spüren, wie meine Kräfte schwanden.

Mein Rucksack wog plötzlich eine Tonne. Es kostete mich richtig Mühe, die Füße vom Boden zu heben und zum nächsten Klassenzimmer zu gehen.

Keiner wird mir glauben, musste ich erkennen. Sogar meine Lehrerin denkt, ich mache Witze.

Aber mir war klar, ich musste es weiter versuchen.

Beim Anstellen in der Kantine fragte ich eine der Frauen bei der Essensausgabe, ob sie an Parallelwelten glaube. Sie glotzte mich an und fragte zurück, ob ich Pizza oder Makkaroni haben wolle.

Ich suchte nach Sharma, doch von ein paar Kindern hörte ich, dass sie und ihre Familie für einige Tage verreist waren.

Nach der Schule erzählte ich meine Geschichte dem Trainer der Tennismannschaft. Mr. Melvin hörte schweigend zu und bearbeitete dabei mit der Hand einen Tennisball.

Als ich fertig war, überlegte er einen Moment. Schließlich sagte er: »Ich hatte auch mal so einen Traum. Du darfst heute das Training ausfallen lassen, Ross, wenn du wegen deines Traums durcheinander bist.«

Dann eilte er davon, um mit der Übungsstunde zu beginnen.

Mit einem Seufzer wollte ich den Tennisschläger auf meine Schulter schwingen. Aber ich hatte nicht die Kraft dazu. So hoch konnte ich den Schläger nicht schwingen.

Mein Rucksack fühlte sich zentnerschwer an. Ich war so wackelig auf den Beinen, dass ich auf dem Gehweg ständig stolperte. Der Wind wehte mich runter in den Rinnstein.

Einsam und niedergeschlagen wankte ich nach Hause. Das ist ein ebenso guter Ort wie jeder andere, um zu verschwinden, dachte ich traurig.

»Du kommst zurück?«, begrüßte mich mein Zwilling an der Haustür.

Ich nickte schwach, völlig außer Puste. Magenkrämpfe machten es mir schwer, zu atmen. Mir hämmerte der Kopf.

Mein Zwilling folgte mir in den Garten. Ich schleppte mich zu einem Baum.

»Du hast es also nicht geschafft, hm?«, sagte er. Ein schiefes Lächeln lag auf seinem Gesicht, als würde er sich an meinem Leid ergötzen. »Oh, entschuldige«, sagte er. »Die Sonne geht schon unter. Ich glaube, du hast nicht mehr viel Zeit.«

»Ich … weiß …«, flüsterte ich.

Ich musterte ihn. Im Schein der Abendsonne schien sein Gesicht zu glühen. Seine grauen Augen glänzten im weichen Licht.

Ich sah an ihm herab. Er war so gesund, so kräftig, so … lebendig.

Und auf einmal hatte ich eine Idee.

Plötzlich wusste ich, wie ich mich retten konnte.

Ich zeigte auf den anderen Ross. »Du!«, sagte ich.

Er trat einen Schritt zurück und kniff die Augen zusammen. »Ich? Was ist mit mir?«

»DU glaubst mir!«, rief ich. »DU glaubst meine Geschichte. Also bin ich gerettet! Du sagtest doch, ich bräuchte nur eine Person, die mir meine Geschichte abnimmt – und das bist DU!«

Zu meiner Verwunderung brach er in Gelächter aus.

»Ich habe gewonnen!«, sagte ich trotzig. »Jetzt kann ich in meine Welt zurückkehren.«

Er schüttelte den Kopf und lachte wieder.

»Was ist daran so komisch?«, wollte ich wissen. »Das hier ist ernst. Ich habe deine Anweisungen genau befolgt. Und ich habe jemanden gefunden, der mir glaubt. Dich! Dich! Dich! Damit bin ich jetzt in Sicherheit.«

»Nein, bist du nicht«, erwiderte er, noch immer grinsend. »Ich habe nämlich gelogen.«

»Du hast *was*?«, schrie ich.

»Ich bin du – erinnerst du dich?«, sagte er. »Ich bin deine exakte Kopie, Ross. Du bist Ross – und ich bin Ross. Wir sind ein und dieselbe Person, stimmt's? Also … erfinde ich manchmal Geschichten.«

»Du meinst … du meinst …« Ich schluckte schwer. Mit einem Mal fühlte ich mich schwächer. Ich taumelte rückwärts und prallte mit Wucht gegen den Baumstamm.

Eine Windböe wollte mich wegschieben. Ich drückte mich mit dem Rücken an den Stamm.

»Du meinst … auf diese Weise kann ich nicht in meine Welt heimkehren?«, flüsterte ich.

Er hielt sich die Hand vor den Mund. »Ups! Da hab ich wohl ein bisschen geschwindelt.«

»Aber – aber – das ist so gemein!«, keuchte ich.

Er zuckte mit den Achseln. »Was soll's? Ich bin du, hast du das vergessen? Ich bin du in jeder Hinsicht. Außer dass ich hierher gehöre und du nicht.«

Der Wind wehte meine Füße vom Boden. Ich umklammerte den Stamm, um nicht fortgetragen zu werden.

»Du wirst immer weniger«, sagte mein Zwilling. »Du existierst praktisch schon nicht mehr.«

Ich betrachtete meine Hände. Ich konnte durch sie hindurchsehen, sogar meine Arme waren durchsichtig geworden.

Der Wind packte mich erneut. Ich streckte mich nach dem Baumstamm und schlang meine dünnen Ärmchen darum.

Gleich werde ich davongeweht, dachte ich. Wie ein welkes Blatt.

Ich fühlte mich richtig schwach … schwach und ausgelaugt.

Den Stamm fest umklammert, drehte ich mich zu meinem Zwilling. »Willst du mir denn nicht helfen?«, flehte ich. »Willst du einfach zusehen, wie ich mich auflöse?«

»Ich kann dir nicht helfen«, sagte er. »Es ist zu spät.«

GRUSELFIEBER

29

Ich klammerte mich an den Baum, doch schon glitten meine Hände wieder ab. Ich wusste, in wenigen Augenblicken würde es mich davonwehen. »Du musst … mir … helfen«, flüsterte ich.

Mein Zwilling verschränkte die Arme vor der Brust. »Mich interessiert nur, dass du verschwindest, Ross. Wenn ich dir verrate, wie du in deine Welt zurückkommst, wirst du bloß weitere Lügen verzapfen. Und schließlich landest du dann wieder in meiner Welt.«

»Nein!«, wisperte ich. »Nein. Verrate mir, wie ich zurückkomme. Verrate es mir! Bitte! Ich versprech's – keine Lügen mehr. Ich schwöre es! Ich sag nur noch die Wahrheit!«

»Du lügst!«, rief er. »Ich weiß es!«

»Nein – bitte!«, flehte ich. »Bitte – sag mir, was ich tun kann.«

Mein Zwilling schüttelte den Kopf. »Nichts zu machen.«

Ich verlor immer weiter an Halt. Ein Windstoß riss mir die Füße vom Boden.

»Ich werde nie wieder eine Lüge erzählen!«, schwor ich. Meine Stimme war so schwach, dass ich nicht wusste, ob er mich hörte.

»Also gut«, murmelte er. Seine Miene wurde sanfter. »Okay. Ich gebe dir noch eine Chance. Ich kann nicht mit ansehen, wie mein Zwilling leidet.«

»Danke«, flüsterte ich. »Danke.«

Er streckte den Finger aus. »Siehst du meine Garage? Darüber gibt es einen Abstellraum.«

»Ja«, sagte ich. »Ein leerer Raum. Ich kenne ihn. Die gleiche Garage ist bei mir zu Hause.«

»Also, dieser Raum ist ein Portal«, erklärte er. »Er ist ein Durchgang zwischen unseren beiden Welten.«

»Wow«, murmelte ich.

»Steig dort hinauf und warte, bis sich eine Tür öffnet«, befahl mein Zwilling. »Geh durch diese Tür – und du kommst in deine Welt. Du wirst wieder zu Hause und putzmunter sein.«

»Danke«, flüsterte ich. »Danke und leb wohl. Ich versprech dir, du wirst mich nie wieder sehen.«

»Du solltest dich besser beeilen«, entgegnete er. »Dir bleiben nur noch wenige Minuten.« Er drehte sich um und lief zum Haus zurück.

Ich blickte zur Garage. Sie befand sich neben dem Rasen, nur zwanzig oder dreißig Schritte entfernt. Doch mir schien es, als wäre sie eine Meile weit weg.

Ob ich so weit laufen konnte?

War ich stark genug, es bis zur Garage und zum Abstellraum darüber zu schaffen?

Wenn ich den Baumstamm loslasse, werde ich dann fortgeweht wie ein Blatt?, fragte ich mich.

Ich zitterte am ganzen Leib. Mir war klar, dass ich keine Wahl hatte. Ich musste es versuchen. Der Abstellraum war meine einzige Hoffnung.

Meine letzte Hoffnung.

Langsam, ganz langsam ließ ich von der glatten Rinde des Baums ab und sank im Gras auf die Knie.

Ob ich vielleicht kriechen sollte?

Nein.

Ich nahm einen tiefen Atemzug, der mich erschauern ließ, und zog mich auf die Füße.

Eine Windböe blies mir ins Gesicht. Ich biss die Zähne zusammen und stemmte mich dagegen.

Dann machte ich einen Schritt nach vorn. Und noch einen. Ich hatte das Gefühl, als würde der Wind versuchen, mich von der Garage fern zu halten. Aber ich musste dorthin.

Ich zog den Kopf ein und kämpfte mich vorwärts. Dabei versuchte ich, mir schwere Dinge vorzustellen.

Ich bin ein Anker, redete ich mir ein. Ich bin ein Elefant.

Immer vorwärts. Schritt für Schritt. Den Körper gegen die nicht ablassende, steife Brise gestemmt.

Gleich bin ich da, dachte ich. Nur noch ein paar Schritte.

Ich schrie erschrocken, als mich ein scharfer Windstoß vom Rasen hob. Ich wurde zurückgeweht und plumpste ein paar Sekunden später ins Gras.

Nur jetzt nicht aufgeben!, sagte ich mir. Das Ziel ist zum Greifen nahe. Ich werde zu diesem Portal gelangen.

Wieder beugte ich mich nach vorn, senkte Kopf und Schultern – und stapfte vorwärts. Ein Schritt. Noch einer. Und noch einer.

Schwer atmend betrat ich die kühle Dunkelheit der Garage. Mein Brustkorb hob und senkte sich vor Anstrengung.

Ich schlang die Arme um mich, um das Zittern abzustellen, und spähte zur halb im Dunkeln verborgenen Treppe an der Rückwand.

Die Treppe zum Tor zwischen unseren Welten.

Das Portal … das Portal …

»NEIN!« Ich stieß einen heiseren Wutschrei aus. »NEIN! NEIN!«

Ich schrie auf vor Zorn – und vor Angst –, weil mir plötzlich klar wurde, dass ich auf dem Holzweg war.

Einmal mehr hatte mein Zwilling mich belogen.

GRUSELFIEBER

30

Eine Lüge. Es war eine Lüge.

Der Abstellraum über der Garage konnte nicht das Tor sein.

Denn dort oben war ich noch nie gewesen!

Von da konnte ich nicht von einer Welt in die andere gelangen – weil ich noch nie in diesem Abstellraum gewesen war!

»Geh da rauf, Ross!«, blaffte eine Stimme direkt hinter meinem Rücken.

Ich drehte mich um und sah meinen Zwilling. Sein Gesichtsausdruck war kalt, zornig. Er gab mir einen kräftigen Schubs. »Los, geh da rauf«, wiederholte er. »Ich will nicht, dass irgendjemand deine letzten Schreie hört.«

»N-nein, bitte –«, flehte ich matt.

Aber er schubste mich noch einmal. »In ein paar Minuten ist alles vorbei.«

Ich stolperte vorwärts. Er verstellte mir den Fluchtweg.

Ich fühlte mich so schwach. Schmerz schoss durch meinen Körper. Ich wollte mich zusammenrollen … mich zu einem klitzekleinen Ball einrollen und verschwinden.

Aber ich durfte nicht aufgeben. Ich konnte nicht zulassen, dass er mir das antat. Ich würde es nicht zulassen!

Das war unfair, es war Unrecht.

»AAAAAAARGH!« Mit einem Wutschrei wirbelte ich herum – und stürzte mich auf ihn.

Überrascht taumelte er zurück.

Mit letzter Kraft klammerte ich mich an ihn, schlang die Arme um seine Schultern.

»Lass mich! Geh runter von mir!«, kreischte er. Er wankte aus der Garage, drehte sich im Kreis und versuchte, mich mit wilden Verrenkungen abzuschütteln.

Aber ich ließ nicht locker. Ich kämpfte gegen die anhaltenden Schmerzen an und fühlte mich so leicht ... so leicht ...

Er torkelte über den Rasen, packte meine Arme und quetschte sie. »Lass los!«

»Nein!«, flüsterte ich. »Ich gebe nicht auf! Ich will nach Hause!«

Wir rangen weiter miteinander und stolperten über den Rasen. Ich japste nach Luft. Lange konnte ich mich nicht mehr festhalten, das war mir klar.

Und plötzlich waren wir am Rand unseres Swimmingpools angekommen. Noch immer rangen wir miteinander, schlugen aufeinander ein, verbogen und verrenkten uns.

Ich schaute ins Wasser, das im Licht der Nachmittagssonne so blau glitzerte.

Im sanft gekräuselten Wasser sah ich unsere Spiegelbilder. Unsere beiden Gesichter, Seite an Seite.

Es war wie damals, als ich ihn zum ersten Mal sah.

Genau wie bei unserer ersten Begegnung.

»Verschwinde!«, kreischte mein Zwilling und setzte mir heftig zu. »Verschwinde für immer, Ross!«

Ich konnte mich nicht länger an ihm festhalten. Er warf mich ab. Wie eine schlaffe Puppe segelte ich ins Becken.

Doch ich konnte noch die Hand ausstrecken – und ihn am Arm packen.

Ich zog ihn mit mir.

Und beide sanken wir ins kalte Wasser. Nach unten … tiefer …

Das Wasser war so kalt und klar … Millionen Sonnenfunken schimmerten darin … alles war so unwirklich …

Wir starrten uns unter Wasser an … Auge in Auge wie an jenem Abend … blickten in unsere identischen Gesichter …

Tiefer … immer tiefer sanken wir ins kalte, klare Wasser.

Und diesmal war ich es, dessen Lippen die Worte formten: *Geh weg.*

Im selben Moment begann sich das Wasser dunkel zu färben. Als hätte jemand das Licht heruntergefahren. Die Brust wollte mir schier zerspringen.

Die Umrisse meines Zwillings wurden undeutlich, er entschwand, verschwand in dem immer schwärzeren Wasser.

Alles war dunkel. Komplette Dunkelheit umgab mich jetzt.

Ich schwamm in Finsternis. Mir brannte die Brust. Mein ganzer Körper schmerzte.

Das Grauen hob an … stieg rings um mich empor. Da wusste ich, dass ich versagt hatte … versagt.

Ich entglitt in die Finsternis.

Entschwand für alle Zeiten.

GRUSELFIEBER

31

Keine Luft mehr …

Ich ersticke, schoss es mir durch den Kopf, ich kann nicht atmen.

Ich blinzelte mühsam und fühlte, wie Wasser über meine Wangen strich. Ich starrte durch einen Wasserfilm vor meinen Augen.

Bin ich noch dort unten?

Es war so dunkel, nachtschwarz.

Ich hustete Wasser aus, keuchte und würgte.

Versuchte, klar zu sehen.

Und blickte zu Cindy und Sharma empor. Ihre Gesichter waren verzerrt vor Sorge. Über Sharmas bleiche Wangen kullerten Tränen.

»Hey – er macht die Augen auf!«

In meinen Ohren dröhnte es. Der Ruf klang so weit weg. Aber ich erkannte Mikes Stimme.

Cindy beugte sich über mich. »Komm zu dir, Ross«, flüsterte sie mit zittriger Stimme.

»Dir geht es gleich wieder gut«, meinte Sharma.

Ich machte die Augen weit auf. Jetzt konnte ich alles deutlich erkennen.

Ich lag auf dem Rücken und starrte hinauf in viele Gesichter. Hinter den zwei Mädchen sah ich Mike und seinen Vater. Und andere Kinder, die ich kannte, alle in Badeklamotten, alle dicht beieinander, besorgt und nervös.

Am Himmel schwebte der Mond über einer Wolkendecke. Nacht. Es war Nacht.

Und ich lag rücklings auf der Terrasse neben Mikes Pool.

»Es tut mir so Leid«, sagte Cindy und beugte sich über mich.

»Wir haben doch nur rumgealbert«, erklärte Sharma, die meinen Arm hielt. »Das sollte bloß ein Spaß sein. Wir wollten dich nicht so lange unter Wasser drücken.«

»Aber dann wärst du beinahe erstickt«, flüsterte Cindy. »Es – es war so furchtbar! Du hast nicht geatmet und –« Die Worte blieben ihr im Hals stecken. Sie wandte sich ab.

»Mein Dad hat dir das Leben gerettet«, sagte Mike.

»Wie gut, dass ich diesen Erste-Hilfe-Kurs gemacht habe«, meinte Mikes Vater. Er beugte sich über mich. »Na, geht's wieder, Ross?«

»Ja … ich glaub schon«, sagte ich schwach und richtete mich auf. Ich lag in einer Pfütze kalten Wassers.

»Es tut uns wahnsinnig Leid«, wiederholte Cindy. »Ehrlich, Ross. Wir wollten dich nicht so lange tunken. Wir waren so dumm. Bitte – bitte verzeih uns.«

Die beiden Mädchen entschuldigten sich noch weiter, aber ich hörte nicht zu.

Ich dachte an mein Abenteuer in der Parallelwelt. War das alles ein verrückter Traum gewesen?

So musste es sein.

Es war nie passiert. Ich war am Ertrinken und mein Geist hatte mir die ganze Geschichte bloß vorgegaukelt.

Ich stieß einen langen Seufzer der Erleichterung aus und sprang auf.

Ich fühlte mich so glücklich – so glücklich, am Leben und wieder bei meinen Freunden zu sein. Ich lief durch die Gegend und umarmte jeden – sogar Mike!

Ich bin in meiner Welt, dachte ich froh. Ich bin in der realen Welt. Und hier will ich auch bleiben!

Alle begannen gleichzeitig zu reden und zu lachen. Die Musik spielte wieder. Die Party konnte weitergehen.

Ich bedankte mich bei Mikes Vater, sagte Mike Tschüss und lief durch die Gärten nach Hause. Plötzlich fiel mir Jake ein.

Ich hatte ihn allein gelassen. Und das, obwohl ich nicht weggehen durfte.

Ob ich deswegen ernsthafte Probleme bekäme?

Mir war das egal. Ich war so glücklich, so glücklich, wieder daheim zu sein!

Ich stürmte ins Haus und rannte rauf in Jakes Zimmer. »Hey –«, rief ich. »Alles klar?«

Jake saß mit dem Rücken zu mir auf dem Bett. Langsam drehte er sich um.

Und aus meinem Mund drang ein entsetzter Schrei.

Sein Gesicht – sein Gesicht war weg!

Ich starrte auf seinen Schädel … diesen grauen, zerfurchten Schädel … aus dem mich leere Augenhöhlen anstierten … dessen Kiefer zu einem boshaften, zahnlosen Grinsen geöffnet war.

GRUSELFIEBER

32

Der Schrei blieb mir in der Kehle stecken. Ich taumelte rückwärts, als Jakes Lachen unter dem hässlichen Schädel hervorschallte.

Er hob die Hände und zog sich den Gummischädel runter. »Reingelegt!«, feixte er.

Eine Maske.

»Du Memme!«, rief Jake. »Du hast Schiss wie ein kleines Baby!«

Ich nahm ihm seinen blöden Scherz nicht krumm. Ich war so glücklich, meinen Bruder zu sehen, dass ich auch ihn umarmte.

»Lass mich los!«, plärrte er. »Was soll das, Ross? Iiih!«

Lachend ließ ich von ihm ab.

Ich bin hier, dachte ich. Hier in meiner normalen Welt.

Normal. Alles ist normal!

Ich warf den Kopf in den Nacken und juchzte vor Freude.

Mitten im Schrei hörte ich plötzlich Stimmen auf dem Flur.

Ich drehte mich um – und keuchte erschrocken, als noch zwei Jakes das Zimmer betraten!

»N-nein –!«, stammelte ich. »D-das gibt's doch nicht!«

Die drei identischen Jungen starrten mich an, als wäre ich verrückt.

Mom platzte ins Zimmer. »Ross, du bist doch nicht weg gewesen, oder?«, fragte sie ärgerlich. »Ich brauche dich hier zu Hause, um auf die Drillinge aufzupassen.«

Mir klappte die Kinnlade herunter. Ich brachte keinen Ton heraus.

Mein Blick wanderte von einem Gesicht zum anderen.

Ich hab's vermasselt, sagte ich mir. Ich hab's echt vermasselt.

Irgendwie bin ich in einer anderen Parallelwelt gelandet.

Wie komme ich hier bloß weg?

Ich kann nicht mit drei Jakes leben. Nein! Unmöglich!

»Nun?«, fragte Mom, die Hände in die Hüften gestemmt. »Wirst du daheim bleiben und auf deine Brüder aufpassen?«

»Na ja …«, sagte ich.

Denk fix, Ross. Lass dir schnell was einfallen.

Denk dir eine gute Geschichte aus, wie du da wieder rauskommst!

GRUSELFIEBER

VOM MEISTER DES UNHEIMLICHEN
R. L. STINE

Ab 10

Band 1
Vergesst mich nicht!
OMNIBUS 12605

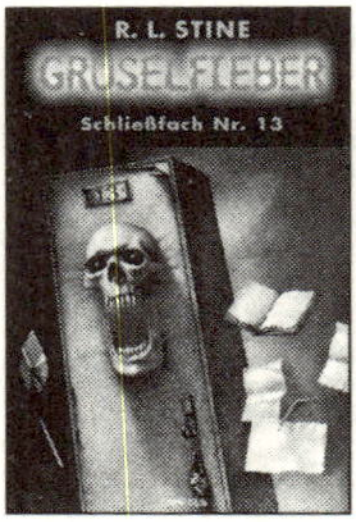

Band 2
Schließfach Nr. 13
OMNIBUS 12606

Band 3
Unheil droht
OMNIBUS 12607

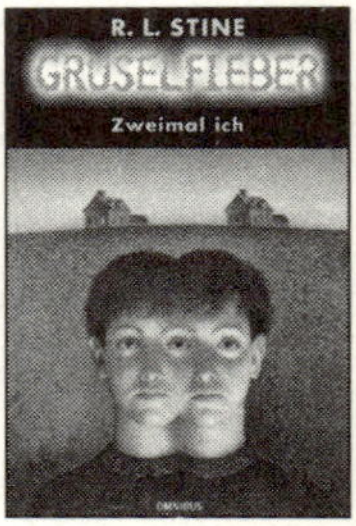

Band 4
Zweimal ich
OMNIBUS 12611

Band 5
Das Tagebuch des Grauens
OMNIBUS 12612

Band 6
Im Wald der Bestien
OMNIBUS 12613

Niemand ist gewappnet gegen das Übernatürliche und Mysteriöse. Leise schleicht es sich in das Leben und schaurige, unheimliche Dinge geschehen. Jetzt nur nicht die Nerven verlieren!

Weitere Bände in Vorbereitung.

OMNIBUS

www.omnibus-verlag.de

7201/1

USELFIEBER GRUSELFIEBER
GRUSELFIEBER GRUSELFIEBE
ER GRUSELFIEBER GRUSELFIE
EBER GRUSELFIEBER GRUSELF
FIEBER GRUSELFIEBER GRUSE
ELFIEBER GRUSELFIEBER GRU
RUSELFIEBER GRUSELFIEBER G
GRUSELFIEBER GRUSELFIEBE
ER GRUSELFIEBER GRUSELFIE
EBER GRUSELFIEBER GRUSEL
LFIEBER GRUSELFIEBER GRUS
SELFIEBER GRUSELFIEBER GR
RUSELFIEBER GRUSELFIEBER
GRUSELFIEBER GRUSELFIEB
BER GRUSELFIEBER GRUSELFI
EBER GRUSELFIEBER GRUSEL